贝金斯的特殊使命

李晋瑞 著

Beijinsi
de
Teshu Shiming

山西出版传媒集团　北岳文艺出版社

·太原·

图书在版编目(CIP)数据

贝金斯的特殊使命 / 李晋瑞著 . —— 太原：北岳文艺出版社，2023.3
ISBN 978-7-5378-6651-4

Ⅰ. ①贝… Ⅱ. ①李… Ⅲ. ①长篇小说—中国—当代 Ⅳ. ①I247.5

中国版本图书馆 CIP 数据核字(2022)第 257912 号

贝金斯的特殊使命
李晋瑞　著

//

出品人 郭文礼	出版发行：山西出版传媒集团·北岳文艺出版社 地址：山西省太原市并州南路 57 号 邮编：030012
选题策划 高海霞	电话：0351-5628696（发行部）　0351-5628688（总编室） 传真：0351-5628680
责任编辑 高海霞	印刷装订：山西人民印刷有限责任公司
书籍设计 张永文	开本：787mm×1092mm　1/32 字数：145 千字 印张：8.25
印装监制 郭　勇	版次：2023 年 3 月第 1 版 印次：2023 年 3 月山西第 1 次印刷 书号：ISBN 978-7-5378-6651-4 定价：59.80 元

本书版权为本社独家所有，未经本社同意不得转载、摘编或复制

我的渴望中有未知的部分,那令我害怕。

　　——珍妮特·温特森《橘子不是唯一的水果》

1

陆军少校贝金斯从京都飞到北境，再乘一辆当地军车跑六百多公里到达目的地时已是深夜。他记得车上一直只有他和司机两个人，可是在下车时，他突然就感觉有人从背后推了自己一下。当然，那时他还没有听到那个全副武装的行刑队将纳布托推上高台的故事，也没有接触到那桩小镇公案，少校只是心生疑窦，到底是谁推了自己一下，还是那只是自己的一个幻觉。

不过可以十分肯定的是，汽车驶出市区不久，少校便睡着了。车里没有音乐，又长时间在没边没沿几近绝望的旷野和蜂群般嗡嗡嗡的胎噪声中行驶，人很容易犯困。迷迷糊糊中，少校觉得就像被灌了蒙汗药一样搞不清是否在做梦，甚至还有梦中梦的可能，因为他能感觉到自己的身体在颠簸中一次次地撞到木板上,还闻到了幽幽淡淡的柏木香,那种恰到好处的安全感,也和若干年前自己躺在棺材里的感觉一模一样。当年那口棺材被爷爷装在马车上从棺材铺拉回村里,一路上雪花飞舞、四只马蹄嘚嘚嘚地响、高扬的长鞭偶尔还甩向长空,少校知道那口棺材一到村里就会被漆成五颜六色,但他一点儿都不怕,因为他知道,那具已经装殓停当即将入棺的尸体绝不会是自己。

再后来少校便清楚地意识到自己是在做梦。可他又不想醒来。老人们讲梦到棺材会交好运,有了这种暗示,即便一次次醒来,他也一次次闭上双眼重新入睡了。一路上车有没有停,中途是否有人上来,谁也不知道。负责送少校的军车是当地军区司令派的专车,不过司机与少校却没有半点交情,再说了,少校并非高级别军官,又无特殊任务,作为军区司令的专职司机,在途中做一些自作主张的事情也在情理之中。当然,最根本的原因可能是贝金斯这个人实在太无趣了,烟不抽,话不多,闷葫芦一个,大概一上车,当少校调整座位身体向后靠时,司机就对他已经满腹厌恶了。但是被推的感觉却是真切的。少校记得,下车后自己的身体还向前跟跄了几步,但又不是气流所为。汽车是什么时候停下的,少校全然不知。司机只是提醒他该下车了,副驾驶侧的门开着，安全带已松开，他的行李也已经在地上。少校懵懵懂懂下了车，突然就感觉有人推了自己一下，非常用力，又那般迅速，连他回头向司机说一声"谢谢"的机会都没给他。车门被"嘭"地关上，宽厚的轮胎刺刺啦啦碾过石子，两束橘色的强光如西班牙斗牛场上要冲出围栏的怒牛一般"呜"地向前一扑，车便消失了。天地间顿时暗下来，就像突然间被蒙上了一大块天鹅绒黑布。

少校力图回忆起当时的情景，想到的却是在两千多公里外帝国京都将军办公室的那个下午。少校毕恭毕敬地站着，一向语气铿锵态度严肃的将军这次却异常慈祥，将军招呼他坐下，一边东拉西扯和他聊天，还亲自冲杯洗茶张罗着给少校煮一壶中国友人寄来的红茶。少校当然没坐，但深为将军亲自给自己煮茶而感动，毕竟将军是帝国最高的军事长官！因此少校既不想表现得过于拘谨，但深又不敢轻易地放松，于是他以军人的姿态站着，却用亲人的语气建议将军更应该多喝红茶，他一直记得将军有胃寒的毛病，再说茶叶里微量元素丰富，可使人延年益寿。将军却说自己还是喝咖啡吧，那种无奈让少校想到多年前将军一直为之发愁的前列腺。

浓郁的咖啡味很快压过清淡的茶香，窗外雾霾浓浓，阳光仅剩微光，将军打开办公桌上的台灯，内白外绿的仿古灯罩把光聚集在一起,让将军背后的书柜以及墙上国王的画像多少显得有点灰暗,好在画像里的国王衣着华丽、颜色艳亮,只要屋里有一点光就不会被人忽略。少校记得自己的目光曾经越过将军的肩膀停留在画像上,他再一次发现国王的表情是那样富有深意,既有平易近人的慈祥,又不失有无上的威严,少校还琢磨半天,这到底是画师的功劳呢,还是国王本来就有的模样。

将军习惯性地将一只手握成拳头放到嘴边干咳,同时双眼盯着少校。坊间说,将军是干掉两个竞争者才成为帝国三军最高统帅的,但他是否已经深得国王的宠信还很不好说,据说当前在全军开展的忠诚教育,就有将军向国王表达忠心的意思。谁知道呢,反正这都是高层的事情,少校只需要知道将军将他叫到办公室来是有什么事就行了。少校一直看着将军搁在桌子上的手,那两只手像蝴蝶翅膀一样慢慢打开,生命、智慧、感情三线清晰,却没有那一条军人乐见的断掌纹,将军说,"贝金斯少校,既然国王选中了你,那就是你我的命。去吧,我的孩子,到了那里,你有什么情况可以直接给我打电话。"少校记得自己斩钉截铁地说是,斩钉截铁地行过军礼就离开了。随后他才后悔,为什么不向将军问一句国王为什么会选中自己呢,自己只不过是一名低职级的陆军少校，更重要的是，他似乎没有听清自己的任务，将军似乎说过"既然你是国王钦点，那你就去看看吧，只要不出意外，平平安安住上三年回来就行。"这叫什么任务？然后在将军的交代中，他记得将军嘱咐他"至于其他的，你就不要问那么多了"。将军说相关部门会安排好的，难道自己的任务真的只是"去看看"那么简单？

少校知道要去的地方是一个偏远小镇，内参上说那里地处帝国最北端，与很不友好的邻国接壤，那里人少地广，经济非常落后，有过一段传奇故事，十几年前还曾发生过一次暴乱。少校是以派驻干部的身份到当地去帮助发展经济的，可是让一个军人去抓经济难道不觉得有点奇怪吗？但是少校也不能问啊，军人历来以服从命令为天职，纵然他有一百个疑问，也必须服从。

于是少校就想，如果推他的那只手是将军的，那将军得多厉害啊，毕竟两千多公里呢。少校当然不会相信。因此无论那个被推的感觉有多真切，少校想大概也是不会有答案了。但接下来的就都是真实的了，少校将它们都记在了自己的日记本上。少校记得自己到达哈镇时已是深夜，比《城堡》里的K到达村庄的时间要晚许多，时间是夏季，他面前的村子（应该是寨子）不是因为厚厚的积雪覆盖消失了，而是根本找不到或不存在,四周太黑了,一片漆黑,少校自己都有了脚不着地的悬空之感。可是目的地已到,接他的人还不知道在哪里,混沌的黑暗中星空浩瀚,像网兜儿一样将他铺天盖地地包裹,少校看不到深浅,分不清远近,确定不了方位,一股股牲畜粪便味却由远到近由淡到浓热情地向他袭来。

少校只好放声咳嗽。他清晰地听到了山谷里自己的回音,他还想兴许在下一秒,就会有成片的灯光突然亮起,然后有一大群人手捧鲜花洋溢着笑容从黑暗中走出来。可惜没有,什么都没有。少校简直要疯了,悲哀又耻辱,怎么可以这样呢,怎么敢如此怠慢呢,毕竟自己是帝国军部派来的人。正当少校准备张口爆粗,突然间就有四只大眼、两张怪脸幽灵般地出现,还把少校吓了一跳。来者是两个当地的巴力人,他们把手电筒光照在自己脸上,一边吐着舌头,希望自己变成一个恶鬼。当然,他们只是想逗趣儿。可是少校毫无心情。少校记得对两个巴力人的印象,他们一高一矮,矮的圆墩墩,高的瘦长条,他们故意挤眉弄眼,一副没个正经的样儿。后来,那个矮个子说,他们就是来接少校的人,其实他们早来了,只是待在旁边的大石头后面左等不见人右等不见人,两个人不知不觉靠在一起就睡着了,要不是少校的咳嗽声，他们一准儿会睡到天亮。

这倒也是，毕竟自己比预定的时间晚了三个多小时。少校心里还想。

不过没关系，矮个子巴力人说，反正在我们这里没有人会关心时间，您几点来都行，总之来了就好，来了就好。

那个高个子则是很正式地对少校说，第一副镇长，欢迎你到哈斯卡尔乌斯图耶芙娜来。

两个人一起将双手向少校伸来，少校不知道应该先握哪一只，好在黑暗中，两人都以为少校握了旁边人的手，矮个子马上笑着讨好少校说，这家伙总是笨头笨脑，总把事情搞复杂，其实叫"哈镇"就好，上校，哈镇欢迎您的到来。

少校不搭话，心里却在试着将"哈斯卡尔乌斯图耶芙娜"复述出来，可是实在太长了，加上巴力人的舌头那么灵活，又不敢确定人家的发音，他也就只好坚持叫官方的简称"哈镇"了。

少校的沉默让两个巴力人以为他是一个严肃的人，便不再和他说更多的闲话，两个人弯腰拿起少校的行李就一起上路了。路上，矮个子又叫少校"上校"，少校不得不向他正式提出更正，说自己只是少校，离上校还远着呢。两个巴力人应该是听到了，可他们依然只是用巴力语低声嘀咕着，就是不接少校的话。在接下来的过程中,两个巴力人一前一后,把少校夹在中间,三个人像一支小分队一样去往镇政府大院,途中简单的聊天也有,譬如矮个子用帝国通用语问少校,虽然上校您是初来,不过应该已经感觉到我们哈镇的"特别"了吧。

特别?我还没那种感觉。少校说。

是吗?看来上校是我们自己人了,因为我们也不觉得哈镇有什么特别,只是那些人说我们这里特别。

我只是一名少校,请称呼我"少校"。

唉,反正您迟早会是上校,那就迟叫不如早叫。

这可是严肃的事情。

哪有那么多的严肃,上校,就像我们这里的特别,就说您刚才吧,其实我们两个待的地方离您站的地方不足十米远,可是我们硬是没有听到您的到来。矮个子说。

那么大一辆汽车,你们没有听到它的声音?

没有。我们是被你的咳嗽声惊醒的。大个子说。

哦,总之是辛苦二位了。少校说,都这么晚了。

没关系的,上校,在哈镇只要天不亮就不算晚。

他们继续向镇政府走去。镇政府大院建在半山上,去那里需要在巴力人的寨门前绕一下。矮个子边走边把自己内心的纳闷问出来,他问走在后边的高个子,你接到过关卡的通知吗?高个子说,没有,我的对讲机一直装在口袋里,没响。两个人就同时感到奇怪了,因为按照规定,有车辆通过离哈镇十五公里处的关卡是要有通报的,要知道这可是边境重地,绝不允许犯这种错误。好在错不在他们,他们也就没去深究。矮个子随口问少校,记没记得在关卡处办手续或接受检查。少校说没有。事实上少校确实没有这样的记忆,但他不敢百分百肯定,便只好说可能是因为自己睡着了,对于一个睡着的人来说,很多事情发生与没有发生,其实是一样的。两个巴力人还在纳闷,他们用通用语说,这可是要坐牢的事。大个子还说,看来哪个部门都一样,凡事都有特殊,什么原则规定,只不过是用来对付那些老实人罢了。为此,矮个子还呵斥他,叫他闭嘴。

他们爬上缓坡,在巴力人的寨门前稍做停歇,少校注意到当时寨门关着,门楼中央竖着一具威武却丑陋的鹰的抽象图腾,然后他们向右走,很快前面出现了一座桥——就是那座对少校后来的生活意义非凡的桥。四周依然一片漆黑,或者说更加一片漆黑,可少校知道哈镇六年前就通电了,眼前为什么是这般景象呢?难道是因为边境重地需要考虑安全?少校想到临行前将军对自己说的话,"到了那里,一切要小心行事,你去哈镇,虽然暂时脱下了军装,但你依然是一名军人,军人就必须有军人的谨慎与警惕。"将军为何要提醒自己"小心行事"呢?难道说哈镇和眼前的黑暗里隐藏着什么?

可真够黑的!

是啊,恰巧赶上这几天一直停电。

那么大家怎么生活啊?少校是指停电给人们生活上带来的不便。

自然是该怎样生活还怎么生活啊,我们有电才几年,几百年来我们一直都没有电,哦,不过,一百年前你们那里也没有电,大家在没有电的日子里不是照样活得欢天喜地嘛!大个子说,其实之前,这里各家各户都有风力发电的,你家不亮我家亮,总是还有一点零星的亮,可是自从统一供电后,就这样了,动不动就给你来个整片黑。

你能不能不知道情况就别乱说,笨蛋。矮个子在前面冲高个子叫嚷。

两个巴力人又用巴力语叽里咕噜了一通,甚至还争吵起来。只是少校一句也听不懂。他们来到桥边,突然停下脚步,矮个子在前面挺了挺腰,又呵斥后面的高个子别用手电筒到处乱照,高个子也把拉杆箱在胳膊下重新夹紧,不敢急慢地将手电筒尽可能地照到矮个子脚下。少校抬腿迈步，刚上桥就感到身体晃了一晃，开始他以为自己脚下是吊桥，后来才发现是山谷里吹来的横风。那座桥不长，过了桥出现在少校面前的是一个锈迹斑斑的铁大门，他们从套在大门上的一小门进去，里面长条形的院子除了一栋二层小楼外再无其他建筑。矮个子说，这就是镇政府，因为哈镇是牧场，因此大伙儿还是习惯沿用旧有的称呼，叫这里"场部"。

他们一起上楼，少校的住处也就是宿舍在二楼左边的最顶头，在两个巴力人进门把行李放到地上时，走在后面的少校无意识地摁了一下墙上的开关，屋里的灯居然亮了，白花花的，一下子照得两个巴力人满脸尴尬。反应机敏的矮个子马上露出笑容，给少校竖起大拇指，似乎是少校的到来给哈镇带来了光明。少校借着灯光看两个巴力人，他们的脸蛋红扑扑的，是那种黑紫色的红，皮肤粗糙，就像一年四季都在忍受风吹日晒，他们身上穿着迷彩服，领口和袖口都已经磨破，后背还有旧有的油渍和汗印，更为有意思的是两个人的长相，矮个子的眉毛、眼睛、脸盘和嘴巴统统冲着鼻尖地方聚往中央，两只耳朵又宽又大，还向上伸长，脑袋异常灵活就像他的肩膀上涂了一层油，说话时两只眼珠滴溜溜地乱转，如果把他身上的衣服换成羽毛，再让他脚下踩上一根树枝,那简直就是一只狡猾的哈比鹰;高个子的样子倒简单,圆圆的大脑袋重重地压在细长的脖子上,总让人担心他走路时会因为头重脚轻而摔倒,宽而厚实的嘴唇就像鲶鱼嘴一样,一双又呆又滞的小眼睛总是喜欢盯住一处看。少校当时还想,世上竟然还有如此长相的人,可他又不好表现出来,因此他装出一副若无其事的样子走了进去,一边再次向两个巴力人表示感谢。

时候不早了,第一副镇长,高个子说,咱们既来之则安之,赶紧抓紧时间休息吧。

是啊,上校,您一路鞍马劳顿从京都来到哈镇,就安安心心睡吧,我向您保证,在这里您绝对安全,比在保险柜里还要安全。

两个巴力人走后,屋子里一下子安静下来,少校浑身的毛孔莫名地骤然收紧。他扫视屋子,屋子不大,床、沙发、简单的家具应有尽有,因为尺寸搭配不合适和质量很差,很容易让人联想到深山老林里的那种汽车旅馆。不过眼前能有这些物件,已经超出了少校的预想。

少校简单地洗漱后便上床了,结果却是怎么也睡不着,漆黑的时空里,将军的两根手指在明亮的灯台下一直在绕,一直绕,一直绕,就像两条纠缠不清的蛇。不知过了多久,少校似乎听到了自己的呼吸声,他满以为这次应该是睡着了,可是胃却突然疼了起来,剧痛,那应该是胃溃疡的正常反应,但少校却没有去找食物,他就让胃疼着,他将枕头压到身下,他隐隐地看到强烈又黏稠的忧伤,正在黑暗中幽灵般地慢慢爬上床来。

2

一夜就此而过。少校早上起来感觉整个人都是懵的。他推开窗,想呼吸一下新鲜空气,结果吹进来的依然是浓烈的牲畜粪便味。那座令他记忆深刻的桥也恰好映入少校眼帘。那座桥不大,三四米宽,跨度顶多十五米,两边的桥墩却又高又厚,要从正面看,一定很像一条灰色浆布短裤,不知道为什么桥的两边没有安装护栏,只是简单地拉起了两道寒光四射的铁丝网,这让少校想到电影《战马》中的乔伊,乔伊被缠在铁丝网里,哀号的叫声中却看不到血的红色,应该就是这座桥吧,少校猜如果不出意外,自己的前任,那个深爱艺术的演员,就是从这座桥上摔下去的。少校极目远望,所见之处除了无边无际的荒野,便是高高矮矮连绵起伏的荒丘和黑褐色的碎石,如果不是近处巴力人寨墙上那些五颜六色的经幡，就眼前的景象，少校更愿意相信自己是来到了另外一个星球。

少校看看表，都九点半了，要在别处人们都上班工作一个多小时了，可是在这里，一切都还像沉睡未醒的黎明。最让少校无法理解的是，自己为什么连一点声音都听不到，后来少校好不容易看到一个头戴黑丝巾身着黑衣的女人牵着一匹黑马沿寨墙过来，她将马拴到桥头的一根木桩上，马在那里摇头，黑衣女人和那匹马说话，自己为什么还是一点声音都听不到。黑衣女人原路返回寨子了，少校用力搓着双手又捂到耳朵上，他分明听到了暖瓶内胆一样嗡嗡的声响，可是，当双手离开耳朵后，他依然还是什么也听不到。

少校记得自己洗漱后赶紧下楼，心里还想着会遇到各种各样的同事，按常理，所有办公室的门都已打开，出出进进的人们会对他这个新来的第一副镇长说声"早上好"。可是下了楼，少校才发现整个楼道里空无一人，镇（场）长、第一副镇长、第二副镇长、镇长助理、办公室、规划处、财务处、人事科、监察办、文秘室、文教室、环保处及卫健委、草料办、联防办、边贸办、卫生所、新闻传播中心、后勤处、资料室、文体中心、阅览室、餐饮供应部等，各式各样的门牌应有尽有，屋门却全都紧锁着。少校只好寄希望于走廊尽头的餐饮供应部，好在餐饮供应部的门开着，他走进去，发现一张简易的桌上摆着一碗羊肉汤、两个烧饼、一碟咸菜，汤是热的，一个沾满污渍的旧塑料保温饭盒搁在一旁。

少校实在太饿了，昨夜的胃疼提醒他必须得吃东西，所以少校也不管东西是不是为他准备的便坐了下来。他抓起烧饼放进嘴里，本想大口大口咀嚼却不得不放慢速度，为了能让嘴里的食物顺利下咽，他又端起碗将羊肉汤猛猛地倒进嘴里，羊肉汤是白色的，像加了奶，这时少校就像摁了暂停键一样定格在那里了，直到两行无法控制的生泪慢慢地流出，他才长长吸气逼迫自己艰难地咽下。到第二口时，他就再也无法张嘴了，趁着没人，少校只好将汤倒掉，他得抓紧时间收拾碗筷，结果却找不到洗洁精，最后他只得回宿舍去取一些卫生纸来，硬生生将碗里已经凝固的油渍擦掉。

少校走出餐饮供应部，穿过空荡荡的走廊，来到院里，满院的碎石，他想去寨里看看，场部大门却锁着，他只好透过门缝看一会儿桥头的那匹黑马，以及寨墙上那些黑色的片石，然后百无聊赖地回到宿舍，从行李箱里拿出那个早已备好的黑色笔记本，坐到写字台旁。少校得写点东西了。少校莫名地意识到，这本日记应该是他关于这个小镇最最重要的东西。可是,这第一笔该写什么呢?敬爱的将军阁下,我已经安全到达哈镇,这里的条件确实艰苦?还是亲爱的……后面该接谁呢?总之是我已经到达指定位置,我会全力以赴完成好将军交给我的任务。上帝啊,我的任务是什么呢?以自己的体会,似乎一切都在一种不言自明的意会之中。可是为什么啊?这个名叫哈斯卡尔乌斯图耶芙娜的小镇,除了地处边陲,经济落后之外与帝国还有多少牵扯呢?将军一再强调,自己是国王钦点的,这个钦点到底是什么意思呢?

少校拿着笔,写下日期后,就再也无法多写一个字了。他再次起身依在窗前,奇怪对面寨子里为什么没有青烟,自己的目光所及之处为什么是黑褐色的碎石,感受到的是一种冷峻而充满拒绝的寂静。据说第一任派驻干部初来时就被这里的景象吓到了,他因此还得了一种怪病——只要眼睛一闭,就会看到漫山遍野的黑褐色沙石在聚积,快速形成波浪,然后海啸般向他扑来。他曾经认为是自己神经衰弱的原因,但是无论吃多少镇静剂和补脑药都不见效,最后他从宗教上得到启发,将一个古老的戏剧面具戴到头上,他靠唱戏来集中精力、转移注意力、消耗体力,同时练就了一种边唱边睡的神功。说实际,刚刚过去的第一夜,也给少校留下了很糟的感觉,他隐隐感到会有某种东西会来,是什么他一时还说不清,他只是心里暗自祈祷,无论什么吧,只要能让他睡觉就行。

差不多晌午时分,总算有人来了。来人却是早晨那个拴马的黑衣女人,她从寨门那边绕过来直接向镇政府走来,她的步子迈得很大,落脚也有力,很有几分侠气,为了不让女人察觉他在看她,少校离开了窗口,没一会儿,黑衣女人便出现在他门口,仿佛还一脸怒气,她既不称少校"少校",也不称"第一副镇长"或"镇长",而是称他"大人"。

大人,你想吃点什么,你刚来,我还不知道你的口味。

我刚刚吃过了。

我是问你的午饭。

这个……少校一时说不上来,因为他不相信就算换一种饭,面前的女人就会做出与早饭不一样的味道来。

早饭呢……应该很难吃吧,一早上我太忙了,回到家后才想起来汤里竟然忘了放盐。

少校记得自己当时正在装模作样收拾行李,黑衣女人进来想动手帮忙,少校说东西太乱,还是自己整理吧,女人便重新站到了门外。那时少校其实是在找一本工作手册,那本由帝国多部门联合编写,据说拿上它到工作地便可以畅通无阻的手册,里面的标准、条款事无巨细,规定、流程一应俱全，只是当少校到了哈镇后，他才猛然发现那些编制手册的秀才们应该是没有一个人真正到过哈镇的。少校让女人去忙，如果有需要，自己会叫她。女人并没有离开，而是自嘲着说，我有什么好忙的，我要忙的就是你——大人。说完，又冷冷地笑，让少校感觉似乎自己还没开口就已经说错了话。

黑衣女懒散地站在门外。整个楼，包括整个哈斯卡尔乌斯图耶芙娜都安安静静的。过了一会儿，楼下传来欻欻的钥匙声，黑衣女重新打起精神，说自己叫罗拉，既然少校不说中午要吃什么，那她就按自己的想法去准备好了，不过这次她会保证一定不会忘记放盐。说完便悻然而去。

少校跟着黑衣女下了楼，只是所有的门都还依然关着，少校只得在空荡荡的楼道里转悠，随便看一看墙上那些各式各样的贴板、过厅处的宣传橱窗和公开栏。罗拉从餐饮供应部出来，腰系淡粉色围裙，手端脸盆，打开第一副镇长办公室的门进去打扫。少校知道这是自己的办公室，便跟了进去，一边问罗拉，其他办公室呢？

其他办公室不归我管，大人，我只负责你的。罗拉说话总是直来直去。她正用一块半干不干的布子擦拭办公桌，其实办公桌上并没有土，却可能会有一层细沙，用湿布子擦拭并不科学，很容易划伤桌面，事实上已经划伤了，罗拉却不管，似乎她只是遵照之前有人教她的样子完成好自己的本职即可。屋里屋外依然静静的，少校试探性地跟罗拉说，好像感觉大家的工作都不是很忙。罗拉冷冷地"切"了一声，说这种地方有什么好忙的呢，似乎不忙才对吧，大人，你是想让大家忙起来吗？你们这些派驻干部啊，都一样，刚来的时候看这也不对看那也不对，可是过上一段时间就明白了，事情和你们想象的完全不一样。

你指什么？罗拉。少校问。

全部。一切。凡是。

少校记得，那时楼道里就有人走动了。少校没有动，只是罗拉冲着门外喊，既然来了，就进来吧！然后低声跟少校说，我们哈斯卡尔乌斯图耶芙娜最最重要的人物要上场了。

帕特维希头人？少校还心想。可是出现在少校面前的却是昨天夜里接他的那两个巴力人。原来是你们二位啊。少校笑着说。

是的。上校，昨晚我们是奉命去接您，今天是按规定来向您报到。矮个子说。

你们……

他们的名字实在太长了，大人，不要说两个，就是能记住其中的一个，大概也需要两年时间，你就叫他们"叽叽嘎"和"托托卡"吧，矮个子叫"叽叽嘎"，高个子叫"托托卡"。罗拉说。

这个听起来好像……

没什么。矮个子说，"叽叽嘎"是我们这里的一种鸟，他们都说我长得像叽叽嘎鸟。

那么你呢？少校转头看高个子。

高个子憨憨地笑，"托托卡"是一种乐器，细高细高的，就像……

套马杆一样，大人。罗拉说。

我叫贝金斯……出于礼貌，少校也想做个自我介绍。

贝金斯，陆军某某装甲师坦克营少校，出生在南方一个小镇，家里三代依靠种植为生，你上过帝国最好的军校，平时不怎么爱说话，但很爱思考。矮个子叽叽嘎嬉笑着说，是这样吧？我是咱们这里镇政府办公室的主任，上校，您是上级派来的，您的情况我们自然知道。

和叽叽嘎相比，托托卡要显得木讷许多，他是镇联防办主任，当然平时治安方面的事他也管。罗拉收拾完，便自行离开了，剩下叽叽嘎和托托卡愣在那里不知道该和少校说些什么，他们先是等少校主动问些什么，见少校什么也不问，他们就毫无目的地扫视少校的办公室，又相互打量对方，最后没办法，叽叽嘎只得开口，说，上校，作为哈斯卡尔乌斯图耶芙娜的第一副镇长，您这就算正式上班了，咱们开始工作吧！说罢，叽叽嘎像小孩子一样揪一下托托卡的袖子。两人一前一后出去了。

少校听到他们各自回到自己办公室，餐饮供应部传来剁骨头的声音，他出去上了一趟洗手间，路过镇办公室和联防办时，从虚掩的门缝看到托托卡在里边无聊地来回走动，叽叽嘎倒是坐着，但也只是两手托腮半趴在办公桌上发呆。少校从卫生间出来，碰到叽叽嘎站在自己的办公室门前，他问少校昨晚睡得如何。少校回答说很好，一觉到天亮。

真的？这似乎完全超出了叽叽嘎的预料，但他马上露出喜悦的神情。他说，这事情可不好办了，看来有人要失望了。说着他抬头看了看餐饮供应部，那里依然是剁骨头的声音，那声音听起来就像一个恼怒的屠夫手抓斧头在拿某个人的头颅出气。叽叽嘎挑挑眉，又吐吐舌头，跟少校说，看来我们的美女中午要给上校做好吃的了！

哦，少校附和着，大脑却一直在走神，他在想面前的这个人为什么听到自己睡眠很好时会有那么强烈又复杂的反应，还有，在这里人的眼里，罗拉这个女人似乎天生就喜欢和派驻干部保持一种说不清道不明的关系。

叽叽嘎似乎像是猜出了少校的心思，便说，看来这次派您来，上级是做了充分准备的，不过上校，您是不知道，之前所有的派驻干部来到哈斯卡尔乌斯图耶芙娜，遇到的最大的困难其实不是工作，而是他们的睡眠，他们总是睡不着。上校，第一任在这里时就是这样，他整夜整夜睡不着，好不容易有一次睡着了，还被一头不知道什么时候光临的牛用舌头舔醒。第二任、第三任也是，不知道他们为什么总是睡不着，有的唱歌，有的喝酒，反正各有各的招儿，但实际上效用都不大，没过多久他们就开始眼圈发黑，身体消瘦，熬不住了，我们劝他们回原单位休养，这里的工作只要他们发发号令就行，可是他们都坚持要留下，还说什么哪怕死也要死在自己的岗位上，结果，您也听说了吧，您的上上任，不就出了那种事嘛。何必呢，这也太叫人心痛惋惜了。

少校记得叽叽嘎对自己所说的失眠的事，还是很上心的。他问叽叽嘎，既然如此，那就没有可以治愈失眠的办法了吗？叽叽嘎当即就窃笑起来，他说，当然有啊，世间万物历来相生相克，既然有失眠，就有治愈失眠的办法，只是那些派驻干部啊……叽叽嘎突然打起了结巴，这个就不好说了，这种事就得看自己了，再好的良药，病人不用，那也没辙啊!

少校记得当时自己还觉得奇怪,哪有这样的病人,宁愿自己受折磨也不用药。好在自己应该不需要服什么药,因为少校一向睡眠很好,初来第一夜的失眠少校觉得也是应该的,一来换了新地方,二来自己睡了一路,三来自己还遇上了胃疼,最主要的是自己还闻到了一股浓浓的哈喇子味,少校相信自己只要熬过这一天,晚上就能睡个好觉。后来,少校便向叽叽嘎问镇长帕特维希的情况。叽叽嘎马上支吾起来,说自己作为镇办公室主任,少校要有什么问题直接问他就好了,而且很多数据,镇长帕特维希头人还不如他掌握得准确,至于帕特维希头人没有来上班,是因为帕特维希头人在外地处理一件非常棘手的事,再说少校本该下周一才来的,结果提前三天就到了。叽叽嘎还说,上校,您想想啊,您是上级派来的,又远道而来,帕特维希头人要不是遇上万不一得已的棘手事,他怎么也会回来亲自为您组织一次欢迎会的,他可不是一个不懂礼的人,上校。

再下来,少校就只能看到叽叽嘎的嘴动,听不到他的声音了。当然少校并没有责怪谁的意思,他只是越来越强烈地产生了一种怪怪的感觉,而这种感觉似乎在他的脚一落到哈斯卡尔乌斯图耶芙娜的土地上时就开始了。

3

少校后来花了很大的力气才回想起那天发生的事。

上午很快过去,叽叽嘎和托托卡下班向他告辞时应该是下午两点半。中午饭少校自己到餐饮供应部去吃,一进门一股浓烈的动物油脂被烧焦的味差点儿把他扑倒,已经收拾停当正用围裙擦手的罗拉,还冲过来扶了他一把。然后少校就失忆了,至于那顿饭是怎么吃的,自己和罗拉说了一些什么话就都不连贯了,少校只记得,罗拉很肯定地说,她知道他前一夜根本没有睡着。他还问罗拉是自己哪里不对让她看出来了。罗拉就只是笑,一阵一阵地冷笑,再往后罗拉又说了些什么,少校就真的想不起来了。

当天下午的记忆同样是空白,就像自己吃过午饭一觉睡到了晚上,还没吃晚餐。少校能想起的,只是外面的天又已经黑了,很黑,自己坐在宿舍的床上百无聊赖地摸着手机。临行前将军说过,有什么情况可以直接给他打电话,可是他能跟将军汇报什么呢,说自己的失眠吗,是不是真的失眠还没确认?少校突然发现将军当时说的是"有什么情况可以直接给我打电话",而不是"你随时可以给我打电话"。

于是少校决定完成自己到哈斯卡尔乌斯图耶芙娜的第一篇日记。少校坐下来，拧亮台灯，拉开抽屉取出笔记本，开篇还是应该写一写对哈斯卡尔乌斯图耶芙娜的印象吧，写一写这里的寂静、松散与缓慢，可是，写这些东西合适吗？少校嘀咕，这样写会不会是在变相批评巴力人的懒惰呢，还对自己的前任们的工作构成了否定。可是开头的几句话已经写上去了又不好划掉（少校不想有一点点修改的痕迹），他便在后面加了一句，说这种感觉可能与自己的军人身份有关，尤其是在这偏远的地方，人们或许本来就散漫了一些。然后少校另起一页，又换口气用了"亲爱的"作为抬头，这是少校自觉聪明的地方，他要把自己对哈镇的见闻用民间或私人的感情写下来，他写道：第一脚踏上这片土地的感受就与预想完全不同，亲爱的，此时你一定正穿着睡裙在床上看书吧，旁边还躺着咱们睡熟的女儿，放着热牛奶和饼干，我知道你会在台灯的灯罩上盖上枕巾为孩子挡光，说不定还会有柔美的音乐陪伴……多温馨的画面啊！少校洋洋洒洒写着，又详细描述了那顿难以下咽的早餐，资料上说这里的羊肉如何细嫩柔滑，没有膻味，可是，可是，自己还是吃不下。他说自己对羊肉的拒绝，与其说是人家的羊膻味，倒不如说是自己对童年记忆的过敏，因为很小很小的时候，少校在乡下吃炒羊肉时吃伤过——那顿晚餐后，他一整夜不停地喝水打嗝，然后就彻底不能吃羊肉了，连闻一闻都要反胃。自己参军后为锻炼意志，少校逼过自己，他将一块羊肉放到嘴里，屏气，一口不嚼地囫囵吞下，最后害得他一直到两天后还无法正常吃饭。可是到了哈镇，未来的日子里，他有可能天天得忍受这种折磨。少校继续写道，总之哈镇的一切都让人感觉奇怪，这里天亮得很早，晚上却黑得很晚，阳光初升时一点都不红，就像缺了血一样白寡寡的，地面上到处是砾质戈壁、褐土高粱、风沙碎石，这里却被定义成牧场，资料上说这里有森林、草场，每逢开花的季节可以看到大片的马兰、野蔷薇、紫色蓟和麻黄草，如果运气好还能遇到肉苁蓉。山丘与乱石中，据说不光有毛腿沙鸡或红嘴石鸡，还有山羊、鹅喉羚、野驴，当然也少不了秃鹫、老鹰和狼，可是我连一根鸡毛都没能见到，也许是我刚到的原因吧，或许是它们都各自藏了起来，谁知道呢。少校写了满满三页才去睡觉。一项最重要的任务总算完成了，少校伸手去关灯，突然发现顶棚上有一处破损露出了里面白色的石膏板，他觉得奇怪，便用塑料笤帚把轻轻去捅，竟然发现顶棚的吊顶是完整的，少校这就想不明白了，既然里面的石膏板吊顶是完好的，为什么还要在外面多此一举地糊一层报纸呢？少校仰头看，而且还全是《太阳报》，红色的报头均匀地排布在顶棚上，倒成了一种图案。开始少校以为就像自己小时候很多人家用报纸糊墙体一样是因为物资缺乏的原因，但现在看起来似乎不像。少校就那么看着，满眼的《太阳报》，他不记得自己是否入睡，然后天就亮了。

少校从床上爬起来，感觉脑袋比昨天沉重了一倍，身体却轻盈了许多。昨夜的笔记本还摆在桌上，为了不让人知道自己在写日记，少校过去收了它，顺手翻看了几页，结果却惊奇地发现笔记本里，"亲爱的"之后所有的文字都不见了，平整的页面上没一点笔痕，纸页粘贴处也没有撕裂的痕迹。这怎么可能！少校大叫一声，事实却是真的，他眼前的纸页确实是空白，难道昨夜自己压根就没有写上去吗？怎么可能！少校满腔怒火，将宿舍全部的窗户推开，似乎天地间的空旷可以给他答案，宿舍前面的世界是寂静的，对面寨墙上的彩旗像被控制了一样整齐划一地向一个方向飘扬，桥头的马依然拴在那里，似乎主人前一夜没有牵它回家；宿舍后窗外也是寂静的，对面的一面缓坡坡顶站着两只白羊，微风吹动它们的胡须，眉宇之间却似在冲他微笑，它们转身离开，蹬下的几块碎石顺坡滚动，却毫无声响。

一切都和昨天一样，还是今天本来就还是昨天？

少校正疑惑不解,就听到楼道里有人在喊"大人",是罗拉,她来叫少校下楼用餐。餐饮供应部里依然是一碗羊肉汤、两个烧饼、一碟咸菜,与前一天不同的只是将烧饼切成了小块。少校顿时条件反射式地反胃,但他必须忍着,他是军人,军人连死都不怕,还能向反胃屈服?罗拉又不傻,她当然看出少校的不适了,便问哪里不舒服,同时又报以同情的微笑。罗拉笑起来是有那么几分可爱的,也有几分媚色,她说少校一定又是没有睡好,唉,可是又没有办法,只能强忍,她建议少校在汤里放些葱花,再倒一些醋。少校紧抿着嘴无法开口接话,因为少校必须得坚持,必须得渡过这一关。少校坐下来,罗拉在他旁边说,她是哈斯卡尔乌斯图耶芙娜厨艺最好的女人,如果她做的饭菜吃不下,那么接下来的日子,少校就只能饿着等死了。罗拉建议少校不妨试试小口进食,同时把注意力集中到和她的聊天上。她说这种方法非常管用,之前胡力图无论受多重的伤都不打麻药,每次都是和她聊天,让她在聊天中将针扎进他的皮肉里。

真有这么管用?你说的胡力图是谁?少校问。

在哈斯卡尔乌斯图耶芙娜谁人不知,哪个不晓啊!罗拉说,胡力图非常厉害,要放到过去,一定是位大英雄,他是哈斯卡尔乌斯图耶芙娜第一美人的丈夫。罗拉接着说,我原以为那两个家伙都已经告诉你了，看来他们还没有来得及说。罗拉说，她讲这些，并非有其他意思，她只是想转移少校的注意力。接着她让少校这个时候应该吃上一口咸菜。少校吃得异常艰难，但也只好照做。罗拉还在继续，她建议少校应该用哈镇的全名，那样有助于灵活他的舌头，其实哈镇的名字并不难记，就像世界上很多难以理解的事情，当你理解了它，发现了它藏在其中的秘密时就变得容易起来，哈镇的全名其实只不过是一对夫妻名字的相连，男的在前，叫"哈斯卡尔"，女的在后，是"乌斯图耶芙娜"，他们是最先到达这块土地上的人。

就这样一碗肉汤还真下肚了，只要不打嗝，无论胃里如何翻江倒海他都能忍受。罗拉露出了胜利的笑容，还夸军人就是不一样，比他的几个前任好调教多了。罗拉像大功告成一般去收拾碗筷，一边说不是她故意难为少校、不体恤少校，而是他必须得尽快适应当地生活，毕竟往后的时间还长，他只有尽快爱上当地，融入当地，才能顺利地开展工作。哦哦哦，少校应承着。罗拉接着介绍了自己的家庭，说她有两个孩子，家里有一个尚未出嫁的小姑子莎曼，还有一个半聋半哑的老奶奶巴罗蒂娅。

巴罗蒂娅？一说巴罗蒂娅，少校马上来了精神。

是的，我就是巴罗蒂娅的孙媳妇，难道你知道巴罗蒂娅？

当然啦，帝国上下有谁会不知道巴罗蒂娅呢！伟大的巴罗蒂娅母亲，我们在小学课本里就读到过，如果没有她舍生忘死解救克鲁姆将军，说不定就没有我们今天的伟大帝国……

不好意思，我可没有上过学，大人。罗拉脸上泛起红晕，不过我家莎曼可是哈斯卡尔乌斯图耶芙娜最有文化的人，连叽叽嘎、托托卡和帕特维希头人都佩服她，莎曼本来可以留在大城市的，可她还是回来了，当了一个破小学的校长，真是屈才。随后她问少校平时在家时早餐吃什么，如果肉汤实在吃不下，她偶尔也得给他改善改善。少校回答，一杯掺了奶放了糖的咖啡、两片面包、三片火腿和几片新鲜菜叶。罗拉说一大早就喝咖啡可不好。少校回复说也只是为了工作时能精力充沛一些。罗拉就笑，为他说的"精力充沛"而笑，她劝少校到了哈镇还是精力别那么充沛得好。少校本来还纳闷，可当他看到罗拉露出那种成熟女人不加掩饰的媚惑时，自然也就全明白了。

这时楼道里有了响动，是叽叽嘎和托托卡来了。罗拉收拾停当也该下班回家了。叽叽嘎和托托卡来到餐饮供应部，说一进场部大院就听到了第一美人的笑声。正当少校想说"原来罗拉就是哈镇第一美人"时,他们又马上强调,但那是过去,现在哈斯卡尔乌斯图耶芙娜的第一美人的宝座已经另有他人。他们没有再把闲话扯下去,而是声明他们是来向第一副镇长请示工作的。叽叽嘎说,既然头人帕特维希,哦,镇长不在,那么作为第一副镇长的少校,就是这里的最高长官。

可是我刚来,两眼还一抹黑着呢,依我看,大家还是各自照章行事吧。

叽叽嘎伸手捶一下旁边的托托卡说,你看怎么样,上校就是上校吧,聪明着呢,一下子就点到了关键。

少校不解。

照章行事!帕特维希头人也是这样的,他总说大家要各行其是,各尽所能,各负其责,一切照章行事。那好吧,叽叽嘎给托托卡眼色,然后跟少校说,他们去工作了。

你们这是去哪里啊?做什么工作?少校问。

他们是去捡酒瓶,大人,罗拉眉毛一挑冲少校笑。

捡酒瓶?

是啊。托托卡说,放心吧,第一副镇长,我们保证一直捡到天黑才回来。

你们捡酒瓶干吗？

我们只负责把它们捡回来，第一副镇长，尤其是公路两边的。托托卡进一步解释，这事一开始是由镇办公室负责的，后来划到环保委，有一次场里开会研究，既然草料办负责筹备牲畜的草料，那就在拉草料的过程中顺便把公路两旁的空酒瓶也捡了吧。可是草料不是天天拉，那些酒瓶却不知道什么时候就会出现在公路上。帕特维希头人后来说，那些瓶子散落在公路上非常危险，不仅会影响天上的飞机，还有可能引发边境冲突，所以头人就要求大家，不管是谁，只要手头有空就到公路上捡酒瓶去。

是这样的。叽叽嘎在一旁为托托卡作证。

罗拉依在餐饮供应部门口咯咯咯笑（真不知道这有什么好笑的）。

罗拉，你是怎么了，把你的笑留给胡力图好不好，别见谁都笑个不停，要不你就直接冲托托卡笑嘛，他说他最喜欢你的笑了。

罗拉立刻僵起脸，摆出一副要唾谁一口的样子。

为什么只捡公路两旁？这么大的牧场，真要捡起来，工作量可不小。

那倒不会，上校，因为很少有人去公路之外更远的地方喝酒，那些酒鬼聪明着呢，他们知道在公路边喝酒，就算喝醉了顺着公路也可以回家，就是喝得烂醉如泥动不了地方，也会有哪个捡酒瓶的人把他拖上马，再说如果到别处那他就只能一个人喝了，多没意思，在公路边喝，还能拦上一个路人一起喝，兄弟俩有说有笑，喝他个天地不分，日夜不明，然后相互拥抱，拍肩碰头，各自保重各自上路。到头来是和谁喝了酒，对方什么人，也不管。不过没关系，反正是把酒喝光了，他们要的只是把酒喝光。

这是一种风气？历来都是这样的吗？少校问。

当然不是。以前人们哪有时间喝酒，大家成天累死累活，就算喝点酒也是为了暖暖身子、解解乏，也就这些年吧……叽叽嘎说，可能是大家的日子好过了？日子好过了，人们的闲空就多了，您是知道的，上校，这人吧，活着就贱，有事做不舒坦，没事做也不舒坦，你说他们没事了学习学习，哪怕睡睡觉也行，可是他们动不动就喝酒，还到公路上去，搞得黑油油的公路两边，空酒瓶总是亮晃晃地反光，多难看啊，真是替他们给巴力人丢脸而感到脸红。

谁负责草料办？少校问。

叽叽嘎和托托卡马上紧张起来。

罗拉却起哄说，二位主任说吧，是谁。

上校，草料办其实只是个过渡，根本没有人接手，后来就由我们联防办负责了。托托卡说。

联防办还负责捡酒瓶？

是的，第一副镇长，您有所不知，其实我们联防办是一套人马两块牌子，一块是边防巡逻，另一块是预防突发性应急事件。这里不比别处，第一副镇长，部门多，可人手少，很多事情没有办法，只能那么干。托托卡说这些话时，脑袋像一只装在弹簧上的榔头，不停地东摇西晃。

叽叽嘎还伸过手来托住托托卡的下巴，要他立正，让他把脖子挺直了。为此，两个人开始争吵，托托卡嫌叽叽嘎对他总是吆五喝六。叽叽嘎说托托卡吹毛求疵，大家都是兄弟，一切还不是为了把工作干好嘛！少校不想掺和其中，但他知道经过他们这一搅和，由谁负责草料办的事也就糊弄过去了。后来等他们吵够了，叽叽嘎和托托卡推搡着往院外走，少校才转身回自己的办公室。罗拉跟在后面，她向少校证实，捡酒瓶的事确实是由联防办负责的，但实际上全镇的人人人都有责，可是人们之所以愿意捡酒瓶的根本原因……你知道是什么吗，大人？罗拉压低声音神秘兮兮地说，是因为国际形象。

国际形象？少校觉得真是无稽之谈。

那些外国敌对分子贼着呢,他们总是把眼睛放到天上,他们可以通过那些眼睛看到我们的一切,当然也可以分析出我们的实力,你别以为那些空酒瓶只是空酒瓶,人家从中可以判断出我们边防的情况。你是不知道,有一年大雪过后我们的联防队换防,途中就发现有一个人躺在雪地里,联防队员跑过去一看,原来是一个匍匐在雪地里的摄影者,经过询问对方承认自己是一个挑战极限的徒步者,正好遇上联防队,就想拍一张,联防队当场从相机里抽出了他的胶卷。大雪天,徒步挑战者,拍联防队,这理由也太低级了。帕特维希头人是这么说的,他经常这么说。

哦……少校笑了笑。

罗拉突然打住没有再说下话,她可能意识到在一个军人面前谈论这些,自己会显得太门外汉了。她说,她这就回家,家里老的老小的小都等着呢,只是在临出门时说了一句很是恭维少校的话,她说,看来当过兵的人就是不一样,难怪胡力图会变成那个样子,但她并没有说胡力图变成了什么样,她还告诉少校草料办的负责人叫塞丽纳,哈斯卡尔乌斯图耶芙娜真正的第一美人。说完就走了。

少校追出来问她,罗拉,这个塞丽纳就不来上班吗?

人家是第一美人嘛。

就因为人美,就不用上班?那得多漂亮啊!少校和罗拉半开着玩笑。

如果要见过乌拉塔尔,你就知道她有多漂亮了。但罗拉并不以为是玩笑。

乌拉塔尔是谁?

乌拉塔尔就是塞丽纳,塞丽纳就是乌拉塔尔,反正大家都这么说。你才刚来,大人,先不用急,再说,我们的第一美人对派驻干部总是很好,你现在只需要专心用力去想她就好了,当她一旦发现你在想她时,她就会来见你。好了,我说得够多了,大人,我得走了,省得人家说我在拉拢腐蚀你。

那么其他人呢,我是说,其他部门的人怎么一个都不见?

这我哪里知道啊,这可是你们当官的事。

罗拉走了,整个场部(镇政府)大院就剩少校一人。少校感觉轻松了许多,他来到院中,阳光清澈,一只老鹰在空中高高盘旋,场部大门又被锁上了,对此少校心里甚是生气,他忍无可忍地给帕特维希头人打电话,起码他要问问他为什么要把自己锁在场部大院里。可是帕特维希的手机一直占线,他打十次,十次都占线。

4

少校只得回宿舍午睡，等他再醒来时，已过了下午上班时间，不过，他发现所有办公室的门依然锁着，半下午的时候，一直宣称直到天黑才会回来的叽叽嘎和托托卡却突然回来了，一身的风尘，他们来到少校办公室，说上午去捡瓶子收获实在是太大了，还说要按制度自己可是能拿不少奖励，因为酒瓶太多，远远超出了他们的想象。在返回的路上他们又发现几个新扔的瓶子，那时他们带去的袋子已经被装满，两个人只好将它们塞进自己的裤裆里。两个人描述回来的路上自己的形象，一个像笨拙的企鹅，一个像左摇右晃的葫芦，总之……少校觉得他们嘻嘻哈哈没个正经，一点儿都不像职务在身的公职人员，少校心里不舒服，差一点就用"工作就是工作，业余就是业余"的话来警告他们，托托卡还好，他只是努力装得像个活宝，而叽叽嘎却真的是个活宝。叽叽嘎还在那里继续说，上校，您放松一点嘛，老绷着脸，脸是会绷开的，这也就是夏天，如果是冬天那可就麻烦了。说话时，无论叽叽嘎还是托托卡都显得异常兴奋，但那是装出来的兴奋，少校怀疑他们是否真的去捡过酒瓶。他像看小丑一样看着他们，叽叽嘎还说，上校，您真的应该和我们一起去的，因为我们见到乌拉塔尔了。

你们说的乌拉塔尔是谁？少校问。

当然是我们哈斯卡尔乌斯图耶芙娜的第一美女了，上校，如果您见到她，看到她的身材，她的温婉与柔美，您一定会被迷倒，做梦都想抱着她，想扑到她怀里。您会因此爱上哈斯卡尔乌斯图耶芙娜的，会发现哈斯卡尔乌斯图耶芙娜竟然这么美。

看来她是真的美啊！少校心如平常地附和道。

行了，叽叽嘎，托托卡说，你这么说，难道就不担心罗拉伤心吗？

她不在这里，你这个笨蛋，是你总在顾虑罗拉的感受，罗拉和我有什么关系？再说她就是在这里，无论如何她也是老皇历了，她的历史已经翻片了。我说的是事实，难道你觉得罗拉可以和乌拉塔尔比美吗？

那要是……塞丽纳呢？少校问。

叽叽嘎怔了一下，然后马上生起气来，这个臭婆娘怎么多嘴的毛病就是改不了，上校，一定是罗拉告诉您的吧，她一直嫉恨塞丽纳，她觉得是塞丽纳抢走了她在人们心中第一美人的位置。

我只是想知道，塞丽纳和乌拉塔尔哪个人更漂亮？

罗拉没有跟您说过她们不分伯仲，一样漂亮吗？当然从男人的角度来说，我会选塞丽纳。叽叽嘎说，不过这话可不是我一个人在说，是哈斯卡尔乌斯图耶芙娜所有的男人都这么说，不信，您问托托卡，让他拍着胸脯说，他会选谁。

哦……看来这个塞丽纳还真的是美！她有多美？少校故意问。

和乌拉塔尔一样美。叽叽嘎说，或者说世界上再没有哪个女人比她更美了，我敢保证，反正我见过的女人，塞丽纳是最美的。

旁边的托托卡实在控制不住，突然笑了。他先是站正向少校敬军礼，然后才说，第一副镇长，你千万别信叽叽嘎的话，自从这家伙当上镇办公室主任后，就学会了满嘴跑火车的本事，其实乌拉塔尔根本不是什么美人，她只是一条河，是我们这里最大的河，它有三十多公里长呢，可它却是一条季节河，时而出现时而消失，我们这里能见到一汪水就已经不易了，何况是能见到一条河呢，所以牧民们见到它，感觉就像见到一个大美人一样。

原来是这样。少校实在觉得他们无聊，便想还是开始工作吧，可是眼前的这两个人就像一对双簧演员，唠叨个没完。少校想不通他们为什么要这样，在其他地方任何一级机关都不会这样的，难道自己的前任遇到的也是这样的情况？少校忍了忍，还是再次问起帕特维希镇长，当然开口前，他先作了声明，说由于自己多年的军旅生涯可能养成了做事情雷厉风行的作风，他觉得要不努力工作就是犯罪。

叽叽嘎直接回答说，上校喜欢工作的心情大家可以理解，毕竟上校来哈斯卡尔乌斯图耶芙娜就是来工作的嘛，只是……如果上校把工作视作神圣使命的话，那他到哈镇来可就有可能要失望了，因为在哈斯卡尔乌斯图耶芙娜根本没有什么工作可做。叽叽嘎当然是以玩笑的口吻说的，说话时他一边观察少校的表情，似乎把话说到什么程度，要视少校的表情来定。

哈斯卡尔乌斯图耶芙娜难道根本没有什么工作可做？少校用疑问的口气重复了叽叽嘎的话。说话间隙，少校一直在提醒自己，自己只不过是个初来者，熟悉和了解当地情况是第一要务，再说将军不是说了嘛——"去看看吧"，兴许将军派自己来这个边陲小镇的真正意图只是需要自己的一双眼睛。

是的，上校。叽叽嘎马上声明，这话可不是我说的。不过我要说的是，上校，我们每个人对事物的看法实在差别太大,其实我们一直在工作,但是第一任派驻干部在的时候,他对这里得出的结论就是哈斯卡尔乌斯图耶芙娜其实根本没有什么工作可做,我一直弄不清楚他的意思,上校,"到底什么才是工作"困扰我好几年,关于这个问题我问过帕特维希头人的,头人训了我,他说"我说你在工作你就是在工作",他等于什么都没有回答,但我细想想,头人说得并非没有道理,毕竟下级就是在为上级服务嘛,自然上级说什么就是什么了!

但是上级对咱还有那么多各种各样的考核,那么多的条条框框……

至于考核……叽叽嘎说,上校,您一定比我们更懂才对,那些考核历来都是冲不合格的工作去的,您说,下级要有太多的不合格对上级有什么好处?上级还有他的上级吧,自己的下级工作不合格多了,说明自己的工作也合格不到哪里去,这样的情况自己能向上级汇报吗?所以嘛……上校,您懂的,大家也就你嘻嘻我哈哈拉倒了。再说,我们确实是按照上面的要求,一条一条一项一项地去完成的,该写的总结,该报的报表,我们一项不落,反正这些年来,咱们镇虽然不是样样得先进,但也不算事事落后,总之是,还能说得过去,上校。

你真是个很好的演说家啊，叽叽嘎主任。

这个我承认。帕特维希头人看中我也正是因为这点，他说办公室主任得需要一个我这样的人来做。

既然是办公室主任，那你应该知道镇长的日程安排才对。

那是自然，上校，不过那只是理论。您是不知道，我们的镇长他不仅是镇长，他更是我们巴力人的头人，再说了，作为下级，您一定有体会，您能太多地去管上级的事情吗？不过在工作上请您放心，我们绝不会落下，帕特维希头人对我们的工作也了如指掌，这也是他作为头人最大的能耐，他什么都不问，可什么都知道，谁都别想骗得了他。

这是真的，第一副镇长，头人有这个能耐，你知道是为什么吗？托托卡说。

为什么？

他有一对超大的耳朵，他什么都能听得见，包括寨子里谁家的母猫怀了孕，哪只兔子下了崽儿，这也是他可以放心在外面处理事情的原因。

世上真有这样的人？少校开玩笑说，既然帕特维希头人什么都能听得到，那么他能听多远，能听到京都吗？

当然能，上校，只要是他想听。叽叽嘎笑笑，所以啊，上校,您会发现你们那里的人说话总是含含糊糊,什么都不敢说得那么明白,他们总是怕有人偷偷听去。

呵呵呵,什么叫"怕有人偷偷听去",那是一种说话的艺术,少校忍不住笑起来。他说,人活在世上如果缺少了艺术,也就没什么妙趣可言了。

反正我们头人什么都知道,第一副镇长,其实头人也烦透了自己的这双耳朵,因为太多的事情他并不想知道,每天那么多的声音像钉子一样往他耳朵里钉,他不得不歇一会儿,就像上帝不停地收到人们的祈祷一样,要谁谁也烦死了,他甚至比上帝还痛苦,因为上帝可以装着没收到而不用去理那些事,但是头人不行,他是镇长又是头人,很多现实的事情必须得找他,他躲都躲不了。因此,头人十分痛苦。有一次在他的央求下,让他的女儿动手给他割了耳朵,当然他女儿有她的私心,以为只要把父亲的耳朵割掉她就自由了,她知道自己的父亲一直在监控她。可谁知道,三个月后就在原处头人的大耳朵又重新长了出来。头人说,那三个月是他最幸福的三个月,因为头人总算睡了几个安稳觉。叽叽嘎说。

你是说帕特维希也睡不着觉?少校问。

是啊,有那么多事烦他,他怎么能睡得着呢,所以他一直苦不堪言,但又没办法。后来他女儿长大,说其实让头人睡不着觉的不是他的那两只耳朵,而是他手中的权力与责任。帕特维希头人不否认,可是有谁愿意来接他手中的权力呢,他把权力交给谁,或者说谁能胜任,这又成了头人心烦的事情。

简直就像是在一个童话世界里。少校当时还心想。

所以啊,每个人都有自己的不得已和难处。因此啊,我们才努力做好工作为帕特维希头人分忧解愁。可是头人的女儿不这么看,她总是和头人作对,让头人为她操心,唉……也不知道这孩子什么时候才能长大。

他的女儿多大了?

按理说不小了,都二十四了。叽叽嘎说,上校,罗拉没有告过您吗?

告我什么?

我还以为她什么都跟您说了!因为罗拉总是管不住她的那张嘴。

她什么也没有跟我说。

连塞丽纳是头人的女儿也没有说?叽叽嘎一副奇怪的样子。

没有。

真是难得。还有胡力图和塞丽纳的事,还有您的失眠问题,她都没有跟您说吗?

没有。

哦,实在难以置信。

她只是说自己有一个叫莎曼的小姑子,她是巴罗蒂娅的孙媳妇。

哦,她总算有点头脑了。不过,等着瞧吧,上校,她会找您说的,哪怕为了胡力图。

胡力图是谁?她为什么会找我说?我只是一名派驻干部。

毕竟不一样,上校,您是上面派来的,再说罗拉早不再相信这里的任何人了,当然除了桥头上拴的那匹马。

哦!其实少校并没有听懂,但他还是意味深长地说,那么塞丽纳既然是头人、镇长的女儿,那她就该……

您是说她就该带头来上班做表率是不是?理论上应该是这样,可是我们这个美人根本不在乎,她是我们这里第二个去过京都的人,她本可以留在那里,是头人让她必须回来的,为了把她拴住,镇长先安排她到文秘办上班,后来把规划处、文教室、环保及卫健委、草料办也都给了她,我们知道镇长并不看重她挣的那份工资,而是想用繁重的工作把她给捆住，结果呢，她还是跑了，总之她始终不认为哈斯卡尔乌斯图耶芙娜与她有关系，可是她就生在哈斯卡尔乌斯图耶芙娜，她的父亲帕特维希就是哈斯卡尔乌斯图耶芙娜的镇长和巴力人的头人，她怎么能和哈斯卡尔乌斯图耶芙娜没有关系呢？唉……一提这事，叽叽嘎似乎比帕特维希头人还要伤心，便说，什么也不说了。两人离开少校后各自回自己办公室去了。

少校身体后靠，躺在椅子上，突然发现自己搁在办公桌上的手，竟然也在不停地绕动手指，就和自己敬重的将军在那个下午所做的动作一模一样。如果不出所料，这里的人一人身兼数职是铁定的事实了，那么他们会不会有吃空饷的嫌疑呢？可是既然叽叽嘎和托托卡可以大明大亮地在自己面前讲出来，那就说明这件事情已经不再是问题，至少在上级那里是知道的。既然这样，自己就不必先下结论了，一切先等等再说。另外就是，两天来，这两个家伙看似无意的做法，难道不是对自己的试探吗？至少他们的防备之心是显而易见的，包括他们把场部大院门锁上，还说他在这里比在保险柜里还安全。他们一直劝他要适应当地的环境，难道没有更深层次的意思吗？还有帕特维希的那对大耳朵，那些公路上的空酒瓶，哪会那么简单？还有自己的前前任，一个帅气十足的演员,竟然在桥上一脚踏空掉到山谷里殉了职,真相果真如此吗?少校一下子感觉自己的任务变得异常艰巨起来,莫不是将军和国王……莫不是……少校当然不能说出来,他想到了帕特维希头人的大耳朵,他当然不相信一个人会有那么大的耳朵,但帕特维希什么都能知道,他却是必须要相信的。

为了证实自己确实已经开始工作,少校重新将叽叽嘎喊来。他跟他说自己既然是上级派来帮助当地发展经济的,那么自己自然会带有一些资金和资源(他差点儿讲出自己有几位朋友是投资公司的老总,自己和几个福利机构的负责人关系很好),他想就这方面的内容和叽叽嘎做一番讨论,但是在这之前他需要拿到一些哈斯卡尔乌斯图耶芙娜的基础资料。

叽叽嘎又一次开始支支吾吾起来,但他还是回了一趟自己的办公室,给少校抱来了一堆年度总结。他说手头上只有这些资料,如果少校还需要什么他再想办法去找,他的神情中始终有一种刻意,也有几分难以掩饰的紧张。

那么我要是想打印一些资料呢?少校问,少校的意思是说就在对门的文秘室门还没有开。

这个嘛……这个情况,上校,您还是有所不知。叽叽嘎这就笑了,他慢慢解释说,这个您不用担心,有我在呢,上校,至于塞丽纳嘛,这姑娘还真有点古怪脾气,您越找她就越找不到,但您压根不去想她了,指不定哪天她就会突然出现在您的面前。上校,这里的很多东西我一时也向您解释不了,但它就是这个样子的,譬如这里的慢,兴许与哈斯卡尔乌斯图耶芙娜离城市远有关?我想多少可能也有点关系吧。因为这里是牧区,人们的生活就和牛马羊群一样,相对懒散了一些,不像城市里的人做什么都那么死卡死。您还别说,上校,人们都说如今的时代,距离不再是什么问题了,但我觉得距离还是个问题,就说您吧,要在京都当天的《太阳报》当天就能看到,可是在这里,您就必须得等上一周甚至是十天,所以说,上校,尽管大家都说"明月当空照",可是这里的明月和京都的明月能是同一轮吗?理论上好像是,可是实际上呢……叽叽嘎突然就此打住,他马上给少校道歉,说自己实在太多嘴了,他这个人最大的毛病就是废话连篇。其实他早听出来,上校夸自己像"演说家"实际上是讽刺自己。

少校当然不会责怪叽叽嘎。少校只是想弄明白,既然镇政府有这多机构和部门,这么多办公室,却为什么没有人来上班。可少校又不好明着问,如果这背后是一个大家都心知肚明又不能捅破的秘密，自己这一问就算捅破了，其实那才是自己的失败。可是毕竟这里是边境重地啊，作为一级组织，尽管是最基层，但是工作怎么能这样做呢？于是少校就跟叽叽嘎说，据我所知，咱们这里还是有一定的特殊性的。

特殊性？叽叽嘎满脑子问号，可稍一停顿后，他就像全明白了一样说，上校是说咱们这里地处边境吧？这个请您放心，在离这里不到三十公里的地方就有帝国的正规驻军，作为补充力量，镇里的联防队也在日夜巡逻。我可以说，哈斯卡尔乌斯图耶芙娜其他方面不好保证，但在安全方面，那是万无一失的。

可是叽叽嘎主任，有一事我还是想不明白，镇作为帝国的一级机构，文秘办应该是日常工作中最重要的部门吧，难道就因为它的负责人塞丽纳是头人的女儿，就可以不来上班？

叽叽嘎顿时面露难色。他说，上校，您理解得不对，这个塞丽纳呢，其实是不是头人的女儿我们都拿她没有办法，还有一个问题就是其实她根本就不在镇上。

那她是在哪里呢？

我也不知道，上校，没有人知道，帕特维希头人也不知道。这一年来，头人一直在想办法把这个女儿抓回来。

哦，少校觉得再没必要和叽叽嘎聊下去了。叽叽嘎走后，少校翻看那些资料，唯一得到一份有价值的资料就是一张比他在京都时从网上搜到的更加清晰的镇长帕特维希的相片。相片里的帕特维希身材魁梧，高大的形象像一尊方碑，他的头发乌黑而浓密，齐整的头发就像被刀砍斧劈过一样，他眼窝深陷，眼球异常饱满，绿色的眼睛会让人联想到一种既机警又凶猛的动物。少校左看右看，调整各种角度，却没能找到那两只大耳朵，因为一只被头人举起的手挡去了，另一只也因为头人当时半侧着身隐去了，少校只是看到了帕特维希眉宇间透着的那种坚毅，那种非常深奥、带有迷雾、又暗含城府的坚毅。这还用说嘛，这位头人绝对是一个绝顶聪明的家伙，仅仅从相片上看，少校就觉得这样的人如果不是合作伙伴，而是一个对手的话，那得多么难对付。难道说……少校想，将军说"要有什么情况就直接打电话给他"深层次的意思是说，这个名叫帕特维希的巴力人会给自己造成威胁？想到这里，少校抓起电话便给叽叽嘎拨了过去。

叽叽嘎没有接电话，而是专门跑来见少校。

叽叽嘎主任，无论如何你得和镇长帕特维希取得联系，我要和他通电话。

叽叽嘎开始挠头，他开始说，头人已经处理完自己的事,正准备回来,结果突然接到通知到市里开会去了。然后就问少校,您实在是想给头人打一个电话吗,上校?我是说,头人为自己的烦心事已经非常焦头烂额了,我真不知道他会在电话里和您说些什么,因为那些事不关您也不关镇里,要是谈工作,那就更不需要了,我们各个部门都在,我们会照章行事的,您手上也有工作手册,我们齐心协力把工作做了就行了。如果您只是觉得因为您来了,头人却没有来欢迎您,那就,我怎么说呢……反正是您真的没有必要那么计较,反正我们又不是不见面,除非是我和托托卡让您觉得哪里不满意,或者是罗拉,上校,是我们中的哪个让您不满意了吗?如果是您尽管直说。总之,要不是这些的话,您就放心,咱们所有的工作都不会落下的,真的不会落下的。请您一定要相信我们,上校。我还是那句话,上校,我们所做的一切,头人都是知道的,这一点我可以向您保证,这个千真万确。

你是说头人知道我们的所有工作?

当然,并且是每一件。如果您不相信,上校,您现在就在笔记本上写下一段话,然后标上日期,等您见到帕特维希头人时,您不妨验证一下。

少校的身体不由得发紧,随即打起冷战。叽叽嘎看似什么都没说，但实际上什么都说了。对于帕特维希头人，少校唯一可以相信的是，他一定有一套严密的监控系统，如若不出所料，整个场部大院的角角落落都装满了隐形摄像头和窃听器（因为少校并没有发现有什么特殊之处）。虽然少校目前还猜不出巴力人为什么要这样，但最起码他相信巴力人是一个整体，而自己其实只不过是一个外省人，一个局外人，一个擅自闯入者。打发走叽叽嘎后，少校的脑袋就转个不停，他在问自己这是为什么？他完全不相信帕特维希头人会用这么大的代价来监控一个闯入者，如果真是那样，那么他们在害怕什么？防备什么呢？看起来这个边陲小镇绝非一般意义上的边陲，也绝非一般意义上的小镇，它在帝国的版图上到底意味着什么呢？难道还是因为十几年前的那次暴乱？尽管那次暴乱造成上百人的死亡，但毕竟已经平息了，而且高层已经得出结论，造成那次暴乱的真正原因是贫穷。就是说，如果巴力人非常富裕，那场暴乱是可以避免的，也正是因为那次暴乱才引起了帝国高层的重视，由派驻干部管理总局牵头对哈斯卡尔乌斯图耶芙娜进行经济上的帮助，努力使之变得富裕。据说，在要不要帮助哈斯卡尔乌斯图耶芙娜的问题上，帝国智囊团在讨论时还是相当谨慎的，分歧也很大，毕竟这个哈斯卡尔乌斯图耶芙娜虽说只是一个小镇，却牵扯到一名将军——克鲁姆将军,而克鲁姆将军又是现任国王的父亲。到这里,问题似乎就变复杂了,因为涉及国王的个人私情问题。国王当然不会给出具体的建议,他只是表态,相信智囊团会给出一个科学合理可行的方案,他说:"你们都是专家,我又历来相信专家。"但事实上,帝国智囊团在研究问题时,会不考虑克鲁姆将军的因素吗?可是事情真如"据说"中的那样吗?少校在查阅资料时发现,第一任派驻到哈斯卡尔乌斯图耶芙娜的干部曾经感慨,这个哈斯卡尔乌斯图耶芙娜真是穷啊!他曾经见过一家五口人只有三双鞋的场面,见过一个从头到脚只披了一张羊皮的小孩,可是整个哈斯卡尔乌斯图耶芙娜,巴力人总数不到三千,这个数字实在太小了,完全可以把他们搬到其他地方,让他们到别处去生活,可是帝国为什么要花这么大的代价来这里发展什么经济呢?难道是还有其他的原因?因此事情就不单单是贫困那么简单了。

那么我自己呢?少校问叽叽嘎,我是说之前的派驻干部也有一些文件需要独立处理,毕竟派驻干部的日常工作上面有专门的管理部门,我都来好几天了,按照工作手册我需要向上级递交一份书面的汇报。

这个好办,上校,您先写好,我帮您传上去就是了。叽叽嘎用了抱怨的语气,只是鬼才知道人家是怎么设计的,非要把文件传输系统设计成这样,真是没办法,上校,系统设计咱们镇一级的文件传输只能由镇办公室来操作,也就是说,这个工作必须得由我来完成。

原来是这样啊!其实少校并不需要向上级汇报什么,但他还是在纸上草草写了两行字:

尊敬的某市派驻干部管理局局长,派驻干部某某陆军坦克营少校贝金斯已于某年某月某日顺利抵达哈镇,并已正式投入工作,一切安好,请局长大人放心。

然后少校将纸递给叽叽嘎。叽叽嘎拿到手,认真看着那句只是变成文字的官话,他不解地和少校说,您和之前的派驻干部不一样。

为什么这样说?

之前的派驻干部从来没有写过"请局长大人放心"。

是吗?如果觉得不妥,你就把它删掉。

不不不,一定得写上。叽叽嘎暧昧地笑着说,看来将军对上校可不是一般的关心啊。不过,想当年将军在这里担任北境军区司令时是那么深得人心,您作为将军直接委派的人,自然受到的待遇就和以前那些第一副镇长有所不同。

我只是一名派驻干部,叽叽嘎主任,工作手册上有我的职责。

是的,上校。叽叽嘎非常会意地看着上校,但那只是理论或是面子上的事。说完,叽叽嘎转身离开,走到门口,又问上校,只是按抬头发吗?我是说,您是军部派来的,是不是还需要向其他部门抄送一份。

那倒不用。

哦!但是叽叽嘎依然没有离开,他在等上校,您不一起去吗?

就发这么一句话。

走吧!叽叽嘎不容分说地过来拉起少校的胳膊,他把少校拉到他的办公室,目的就是想让少校知道通信部门有多操蛋,当然他也想通过自己的亲自演练,证明自己刚才所说绝无虚言。程序的确是那么设计的,差不多每操作一步都需要有叽叽嘎的人脸识别。操作完成点击发送后,屏幕上那个代表信号不佳的银色小圈就一直在屏幕上打转。叽叽嘎说,您看,上校,就是这样,您急,它可不急。为这事我们已经打过几次申请了,通信部门的人也来过,只是他们在的时候一切都好着呢,他们一走就又这样了,不过您不用担心,这种情况上级部门都知道,无论文件收没收到,他们都不会怪咱们,再说如果要有急事,附近的边防驻军就会来通知咱们,人家那里的设备总是很先进,不过我们也能理解,历来都是"军情紧急",咱们老百姓的事反正不是杀人放火的事,那就慢慢来吧!

如果叽叽嘎所言非虚,那么自己手机百分之九十的时候信号不佳,少校也就理解了。叽叽嘎强调是通信部门的事,但少校觉得未必,为什么只有这里的信号如此不佳,只是少校无法解释罢了。难怪少校发现这些人联络用的是对讲机,而非手机。少校回到自己办公室,罗拉正在给他的暖瓶续水,她看似无意地提醒少校,凡是叽叽嘎和托托卡说的话都不必当真,因为他们就是两条狗,帕特维希头人的狗,哈斯卡尔乌斯图耶芙娜的狗。少校并不知道罗拉和叽叽嘎、托托卡有什么恩怨,他只是顺口问罗拉,知道帕特维希头人去做什么了吗?叽叽嘎主任说头人在处理一件烦心事。

他?罗拉差点儿不屑地"切"出来,然后说,他是不是跟你说去市里开会了?过几天,他一定会说头人病了,在市里住院,或者另外一套说辞。说着罗拉笑了笑,不过也是难为他了,看来当一条狗也不那么容易。

你是说帕特维希头人并没有去开会?

我可没那么说。当官的忙,当官的事多,我一个掌勺做饭的人哪会知道那么多事,但我知道帕特维希是个胆小鬼,说不定他根本就没有离开哈斯卡尔乌斯图耶芙娜,他只是躲起来了,大人。

为什么,罗拉?头人没必要躲我,我们迟早得见面。

他哪里是躲你,罗拉将木塞盖住暖瓶口,眼前的热气立刻消失,他是在躲我,大人。

他躲一个美女干什么?少校打趣地说。

正因为我是美女他才躲啊!大人,你不知道美女都是掏心的狼、摄魂的鬼吗?总之他害怕我。

少校笑笑。

不过,所有的美女也是瘟神,大人,叽叽嘎和托托卡应该提醒过你吧,让你最好离得我远远的,因为我是哈斯卡尔乌斯图耶芙娜的第一瘟神。

没有。

没有吗?那他们可真够失职的。那他们应该会告诉你我会一种巫术。

巫术?

是啊,我可以让你安然入睡,只要你相信我。

那我说不定还真想见识一下,罗拉。

没问题,大人,不过你得做到诚心,就是说,你得把你的心交给我,有句话不是说了嘛,心诚则灵!罗拉拎着水壶离开,出门时用肩膀靠了少校一下,其实你从第一天晚上就开始失眠了,要不今天晚上咱们就试试?看看我的那点催眠术对你灵不灵?当然还是刚才那句话,灵不灵就要看你能拿出多少诚心了,别让你大脑里的那些东西控制了你,大人,你只要心诚,一切问题就都不是问题了,咱们活这么大,你还不明白那个道理吗?

哪个道理?

我们的脑袋其实是属于别人的,只有心才真正属于自己。

少校搞不清罗拉的真实意图,他便胡乱说,自己只是想听故事。

就像那个国王?罗拉笑着,你可真贪,不过我可真有很多故事,只要大人愿意听,那咱们今晚就开始如何,咱们也像《一千零一夜》里那样,我保证你会越听越入迷,直到最后你离不开我。

少校当然知道罗拉是在开玩笑,于是说,还是先不用了,因为自己睡得很好,等真失眠的时候,他会找她的。

找我?还是找那些故事?

难道两者不一样吗?

当然不一样，因为能让你入睡的是我，而不是那些千奇百怪的故事。

罗拉把话说得自然、平常，一点儿也不像一个普通的厨娘。少校随之有了一种奇怪的感觉，就像一场战役已经打响，自己分不清敌友，又不知道真正的对手是谁，在哪里，他能做的只有等待，等待，再等待。但是这种感觉非常可怕，也让他百思不得其解，为什么会这样，除了地处边境之外，哈斯卡尔乌斯图耶芙娜只不过是一个荒凉的小镇，在整个帝国版图上，它甚至连弹丸之地都算不上，可它，为什么会给自己造成如此强烈的奇怪的感觉呢？

罗拉转身认认真真看着少校，说少校的脸色实在难看，皮肤黑黄而没有弹性，如果再不好好睡上一觉，他会疯掉。然后又像位经世已深的老者一样跟少校说，大人，你来哈斯卡尔乌斯图耶芙娜应该感觉到自己的渺小了吧。哈斯卡尔乌斯图耶芙娜的这天这地，咱们这种小人物是改变不了的，我们能做什么就去做点什么，我们尽力就好，至于结果，大人，只有它来了咱才能知道它的样子，眼下，你得先放松一点。这些年在这场部大院里我算是看透了，这人啊，要想活得舒心，就必须承认自己渺小，但同时还必须做到心要大。少校什么也没说，只是笑。他不知道罗拉为什么要说这些，自然也不相信她只是在闲聊。难道不是吗？这天地之间咱们这种人算得了什么呢！实在是小得可怜，小到可怜，可是你的心还必须足够大，大到能包容一切。不过，这些可不是我的想法，这都是胡力图对我说的。罗拉说到这里，就像把该表达的都说完了一样，换话题提议少校有空就骑上桥头的那匹马出去跑跑吧！一来活动筋骨，二来也可以让"独角兽"撒撒欢。罗拉说桥头的那匹黑马是胡力图的马，叫"独角兽"。

可是派驻干部是不允许骑马的，少校说，上面这样规定是为了保护派驻干部的安全。

什么狗屁规定！既然怕派驻干部出事，那最好也规定不准他们喝水，因为喝水也能死人。

少校记得自己紧接着问罗拉，胡力图是谁？

罗拉的回答是，和你一样，是个军人，一个大英雄。

那么他人呢？少校问，他的马为什么老被拴在桥头上？

死了，大人，难道他们没有告诉过你吗？

告诉我什么？少校还心想，看来罗拉身上的黑衣是有缘由的。

那就等着吧。说到这里，罗拉像是想起了伤心事又不想提它，便说一句自己得下班回家了。

少校坐到自己的椅子上，随手在一张纸上乱画，他先画出帝国的版图轮廓，顺时针旋转九十度，然后左右各画一个圈儿，左边代表京都的国王大厦，右边代表哈斯卡尔乌斯图耶芙娜。那座由龙头与金鞭合体的国王大厦就在少校面前立起来了，固实有力的龙头是大厦的基座，由三十六座金字塔层层叠加而成的金鞭是大厦楼体，龙头仰头朝天，巨嘴大张，金鞭挺拔直插云霄，更重要的是大厦无论从哪个角度看都完美到无可挑剔，少校慢慢地在这个圈里一笔一画写下"国王"二字，少校准备将哈斯卡尔乌斯图耶芙娜写在右边的圈里，结果发现画得太小了，他只能将自己的名字"贝金斯"三个字写进圈里。少校用线条将两个圈连了起来，第一条画得和直线一样，少校画完就笑了，然后他画第二条，他让那条曲线在纸上绕来绕去，可是它绕过的地方是哪里呢？他相信这条弯弯曲曲的线条才真正代表国王与哈斯卡尔乌斯图耶芙娜之间的关系，可是这条曲线是什么呢？将军在哪里？曲线上附带了多少秘密？自己一无所知。后来少校一直盯着那条直线看，看着看着就笑了。

少校记得自己想到这里，很快便把纸揉成团扔进纸篓里，他莫名地觉得自己像搭在国王大厦与哈斯卡尔乌斯图耶芙娜之间的一座桥,只是自己不知道桥上走过的是什么人罢了。

5

后来,少校已经不记得是到哈斯卡尔乌斯图耶芙娜的第几个早晨了,一只蚊子在似睡非睡中的少校耳边盘旋。蚊子嗡嗡嗡的声音大似轰炸机,少校其实醒了只是没有睁开眼睛,因为他希望蚊子落下来,最好是落到鼻尖上,那样平躺的他就可以看清它了。蚊子只是在少校的眼皮上稍做停留便飞走了。少校赶紧转头去找,蚊子却没踪影,在他因为找不到它而要伤心的时候,蚊子却飞回来了,就落在他的右臂上,少校太激动了,就像自己心爱的宠物失而复得。那是一只花腿蚊子,个头很大,奇怪的是蚊子不吸他的血,少校坐起来,端着整个右臂,生怕它飞掉。这是少校几天来最为高兴的一个早晨。他突然觉得蚊子一定是飞了太久,或饥饿过度才这样的。它已经没有力气用那根管状的针扎破少校的肉皮,那种同病相怜的无力感顿时让少校觉得蚊子是自己的战友。来吧,老弟。不管你为何而来,但绝不能饿死啊!少校就那么小心翼翼地端着右臂,去书桌上摸来一把刀,就在蚊子落脚的地方,轻轻地划开一道口子,看着猩红的血慢慢地渗出。少校内心想着：老弟，去享用吧，兴许不甜，也没什么营养，但至少可以让你保命！蚊子却死死地钉在那里不动。少校迫于无奈，用刀去驱赶它，结果发现它已经死了。蚊子轻轻地从他的胳膊上落下，如一只干瘪千年的蜘蛛，而且连落地的过程都没看清便消失了。少校静静地坐在床边，又经历了一次得而复失的悲伤。少校哽咽着把一口重重的痰咽进肚里，为了这只蚊子，自己也必须要开始工作了。那天上午，作为派驻干部的少校按照工作手册要求，对全镇人口的家庭情况进行摸底，找出其中最困难的一户作为自己的重点关注对象。叽叽嘎提供了资料，资料里显示最穷的人家就是胡力图家，而罗拉竟然是胡力图的妻子。可是，罗拉明明跟自己说过胡力图已经死了的。为此，少校决定去罗拉家做一次家访，正好有一个合适的说话机会，他便向罗拉提出了这个要求。罗拉却不同意。

　　罗拉的意思是，少校是在利用她，因为她们家的情况在哈斯卡尔乌斯图耶芙娜是路人皆知，根本不需要进行家访。罗拉说，少校真正的目的是为进巴力人的寨子。

　　这有什么区别吗？少校说，就算作为第一副镇长他也有这个权力。

　　罗拉笑了，不知道是笑自己，还是在笑少校。她说，既然大人你执意要去，那我也没有理由阻拦，不过我得有一个条件。

什么条件你说。

罗拉说，得你自己去，我是不会带你去的，大人，我担不起那个罪名。我能做的只是准备好奶茶和点心在家等你。

少校听得奇怪就问罗拉，为什么你带我去就会有罪名？

没什么，大人，如果你不反对，那就让叽叽嘎或托托卡带你去吧！反正我是不会那么做的。

少校就越发感觉自己懵懵懂懂了。他记得罗拉还提到那座桥。那座桥怎么了？少校问她。

罗拉说，有人从上面摔下去了。

可是你却天天都在上面走。

我是天天在上面走，可是你不是呀！尤其是这些天来你一直没有睡好，所以……没有所以了，总之，我随时欢迎大人你到我家，但我绝不会带你去寨子。

罗拉的话听起来很荒唐，也不符合逻辑，但是少校没有跟别人说，即便是在一天上午，少校有意借谈工作之机跟叽叽嘎聊胡力图，后来还没等少校提，叽叽嘎就主动说了，他说，反正少校迟早是会知道胡力图的事的，那就不如敞开了说个痛快，至于去罗拉家嘛，他的建议是先别去，因为对于胡力图家来说，经济上的困难只是一个小问题，其他的那些事才要命，上校还是先做个了解为好。

胡力图不是死了吗？少校问。

胡力图死了？叽叽嘎先是一怔，什么时候的事？谁说的，上校？

这种事谁敢胡说，是罗拉。

叽叽嘎叽叽叽地就笑了起来。我也是说嘛，是谁，竟敢如此胆大说胡力图死了。上校，您别听罗拉胡说，胡力图怎么可能会死呢！就是地球爆炸世界完蛋了，胡力图也不会死，胡力图也会永远活在哈斯卡尔乌斯图耶芙娜，不，应该是全世界人们心中的。您知道为什么吗，上校？

为什么？

因为胡力图是我们的大英雄，他正在不顾自己死活地拯救哈斯卡尔乌斯图耶芙娜，拯救世界。他会成功的，上校，我们会看到他成为世界之王的那一天。那时我们美丽的罗拉，就会成为我们的王后。

我可不喜欢咱们这样聊天，叽叽嘎主任。

叽叽嘎笑得前仰后合，还笑出了眼泪。但在一本正经的少校面前，他也只好快速一本正经起来。他说，罗拉一定跟您说，胡力图是个大英雄对吧？可是那是她的看法，实际上，如果您有机会见到胡力图，就会发现，他就是一个神经病、妄想狂，如果您再知道他干的那些事，就会骂他混蛋。可是这些都只是我们的看法，在罗拉眼里，胡力图就是她的超级大英雄，因为他敢和整个世界叫板。

既然这样，罗拉为什么要说胡力图死了？

那是因为她知道人们的心声，她自己其实也希望胡力图死，因为胡力图死了，哈斯卡尔乌斯图耶芙娜也就平静了，她也就歇心了，说实在的，这些年她跟上胡力图也够倒霉的。

所以她就穿起了丧服？

这个嘛……叽叽嘎故作躲闪，柔软灵活的双手就像一位狡黠的神父遇到冷天那样相互搓着，他压低声音说，如果胡力图真死了，那倒好了，过去胡力图仗着自己是"伟大母亲巴罗蒂娅"的孙子就胡作非为，动不动就想充当英雄，要拯救这个拯救那个，结果把自己变成了大傻瓜、大酒鬼，谁知道是哪瓶酒把他喝坏的。上校，您是不知道，他曾经成天骑着他的独角兽……

独角兽？哦，我想起来了，是他的马。

什么独角兽，就是拴在桥头的那匹黑马，因为额头上有一片白色形状像极了一个拉长了的海螺，胡力图就叫它独角兽。有一段时间胡力图披上祖上传下来的铠甲，拿起了盾牌、佩剑和长矛，宣称自己是哈斯卡尔乌斯图耶芙娜最后的"神鹰骑士"，他骑着马在戈壁滩上到处游荡，直到打死一匹母狼。我们本以为从那之后他会好，因为他一个人打死那么大一匹狼，大伙儿也都称他英雄了。谁知道他变本加厉，酗酒、胡闹，像疯子一样到处找碴儿，说全世界人的不是，甚至还动手打人。他也就遇上罗拉了，要是我，我即便买不到老鼠药，也会趁他酒醉用榔头把他砸死。

少校记得自己插过一嘴，问叽叽嘎，既然胡力图没有死，那么为什么罗拉要穿黑衣？

您是个细心的人，上校，罗拉确实穿的是丧服。有一段时间罗拉和胡力图天天吵，突然有一天罗拉就这副装扮了。开始我们以为她是因为胡力图，希望或在诅咒胡力图死，可后来我们才发现是因为我们。镇长找她谈过话，我、托托卡，包括那位死去的演员派驻干部，都和她谈过，可是一点儿用都没有，她说自己突然间开始喜欢黑色了，自己是女人，想穿什么就穿什么，谁也管不着，她说我们把黑衣服看成丧服，是我们心里有鬼。您看，您是局外人，眼睛最公正，可连您也看出来那是丧服吧？唉，怎么说呢，我们都觉得罗拉越来越不对劲儿了。您不能用看正常人的眼光去看她,尽管她其实并不喜欢胡力图,年轻时她没有办法嫁给了胡力图,可是毕竟她天天和胡力图在一个屋檐下这么多年了,多少还是会受到胡力图一些影响的。现在胡力图不在,她倒是……啊,上校,她是不是说过自己懂一点巫术的事,那您可得小心啊,毕竟近墨者黑,胡力图是个狂人,罗拉尽管是女人,但她也有疯狂的一面。

那么胡力图人呢,他在哪里?少校问。

魔鬼城堡,上校。叽叽嘎说,对于胡力图这种人送魔鬼城堡太便宜了,简直应该把他拉出去枪毙或直接送进地狱。不过这好像不太可能,毕竟他是伟大母亲巴罗蒂娅的孙子,巴罗蒂娅的光环就是他的护身符。你是不知道,上校,这个家伙本事大着呢,到哪里都不会让人省心,你知道吗,罗拉去了一趟魔鬼城堡,回来居然怀孕了。唉,也就是罗拉,要是换成我,早把他扔到一边了,罗拉实在没有必要为一个酒鬼、混蛋守身如玉,噢……罗拉就是个笨蛋,可她自以为自己聪明,这一点上真是和胡力图一样。不过,这些对咱们来说都无所谓,只要她尽心尽力为上校您服务好就行了。我们对她是有要求的,上校,您大老远从外地而来,作息时间和生活习惯都会有诸多不适应,罗拉的任务就是要为您提供可口的饭菜,让您有一种回家的感觉,这点很重要。上校,一个人只有在家里才会感觉放松，做起工作来也才不会那么瞻前顾后，才会不感觉那么累。上校，尽管您还没来几天，对这里，您产生了一点点家的感觉了吗？兴许有，兴许还没有，不过都没关系，慢慢来。不过，这一次罗拉的表现确实应该得到表扬，您来了之后，她居然笑了，我们都已经很久没见她笑过了，您也开始尝试把自己当作巴力人，那样您就会很快了解哈斯卡尔乌斯图耶芙娜，也会很快理解巴力人。说到这里，叽叽嘎舔了一下嘴唇，低声跟少校说，尝试尝试，上校，不难的，就从罗拉的那对大奶开始，托托卡就说过，一看到它们他就会有回家的感觉。您是不知道，上校，罗拉不再是哈斯卡尔乌斯图耶芙娜的第一美人后，就变成这里的大奶牛了，我能看出来，上校，罗拉对您的印象不错。

咱们这是在谈工作，叽叽嘎主任。

是是是，上校。叽叽嘎马上言归正传。

以我的意思，还是安排我和胡力图见一次面吧！还有他们家，我想去看看。

那可不容易，上校，我刚才不是说了嘛，胡力图是在魔鬼城堡，魔鬼城堡不归咱们管，再说还有一百多公里的路。至于他家的情况，资料里都有，再说我们让罗拉来这里工作，本身就是在照顾她。我是说，如果咱们想帮她，有的是渠道。

叽叽嘎说得大方自然，可少校总有一种既添油加醋，又有所保留的感觉。

也就是在那天，少校再次见到罗拉时，他突然发现罗拉一改往日的黑衣，服装变得艳丽起来了，衣服领口也变低了，只要角度合适，上校是会看到她的那对大奶的。她是不是奶牛少校不好说，但是即便隔着衣服罗拉硕大的乳房也超出了她的身材比例。她以亮丽的形象如过节一般款款走到少校面前，跟少校说，晚餐时她要留下来陪少校喝酒，让少校不明其原因地认为真是遇上了巴力人的什么节日。

一桌子晚餐准备好了。少校说如此丰盛隆重的场面应该多请几个人。少校觉得桌上的菜实在太多了，已经严重超标，再说吃不完也是浪费。

罗拉却说，不，就咱们两个，反正又不是花他们的钱。

餐桌上，罗拉只摆了两套餐具、两个酒杯，她说自己的日子过得太苦闷了，她想寻找一点乐趣，哪怕只是一时的，哪怕只是一点点。

大人，你也一定感觉很苦闷。罗拉说。

是呢。少校不得不承认。

罗拉说，那好，那咱们两个苦闷的人，今晚就痛痛快快喝上一顿，最好一醉方休。

还好，还好，桌上多亏没有整什么蜡烛、鲜花之类的东西，看样子也确实像两个苦闷之人在自娱自乐。少校当时还这么想。

罗拉解下围裙，先拉开椅子让少校坐下，自己也到对面坐下。开场之前罗拉先是微微一笑，她本来是想表达苦楚的，结果笑起来却有了几分甜意。可能因为之前少校已经和叽叽嘎聊过的原因，现在又是只有他们两个，少校便开始担心罗拉搞的是鸿门宴。再说了，尽管罗拉已到中年，可她风韵犹存，尤其是罗拉慢慢地将酒倒入口中，又轻轻含着抬眼看上校的样子，着实是妩媚，甚至说是魅惑的。那时少校提醒自己，就算自己不防罗拉，也得提防自己。

想必你都听说了，大人，胡力图是个大酒鬼，作为大酒鬼的女人，我今天才来和大人你喝酒，实际上已经晚了，对吧。但是这顿酒本来是轮不上我的，即便帕特维希头人躲着你不见，那怎么也该由叽叽嘎来操办一下的，我不知道他们为什么不，或者在等什么，我实在是看不下去了，我能想象出大人你一个人在这院子里的样子，其实我也一样，还有桥头那匹马、天上那只盘旋的鹰，我们都一样，对于孤独带来的苦闷来说，你被拴着、困着，或将你扔到旷野，即便放你到天上去飞,都是一样,我能理解,大人,你别以为我是巴力人就怎么样,他们早不把我当巴力人看了,在他们眼里,我是混蛋大酒鬼胡力图的女人,他们曾经以为我是一个女人最终会倒向他们,可那不可能,大人,我既是胡力图的女人就会站在胡力图一边,哪怕他是个魔鬼我也会和他站在一起,这个你能懂吗?大人,你一定懂,从第一眼见你,我就觉得你是一个非常懂女人的人。所以,我就是不代表我,我代表胡力图,咱们也非得喝上一顿。

少校接不上话来。桌上的菜罗拉是用了心的,肉先不说,在如此干旱又偏远的地方,她竟然搞到了类似儿菜、笋片之类的南方菜,真是难得。少校不喜欢说虚话,又不好总闭着嘴,便问罗拉是不是哈斯卡尔乌斯图耶芙娜的巴力人都喜欢喝酒。

不是哈斯卡尔乌斯图耶芙娜的巴力人喜欢喝酒,是任何地方的巴力人都喜欢喝酒,或者说只要来到哈斯卡尔乌斯图耶芙娜,你迟早得喜欢上喝酒。大人,一来这里地处北疆,又是高原,气候太冷,喝酒可以取暖。二来这里实在太无聊了,大家无事可做,尤其是冬天遇上大雪天,男人们被圈在家里,你就得让他喝,否则他就会给你整事。

他能整什么事?

大人你……你怎么……那个时候到处冰天雪地,他能整什么事,他只能在家整女人啊。

少校由不住笑了。

罗拉当然知道少校听明白了。你别笑,大人。要是换成你,就这个大院,再给你放上一个女人,你就在院里转吧,转来转去,最后你还得转到那个女人身上去。

罗拉起身,将倒满酒的杯子恭敬地递给少校,少校也就很自然地可以看罗拉的胸脯了。罗拉的上衣里确实有一对超大号的乳房,他真想去摸摸,托托卡说看到罗拉的乳房就会有回家的感觉,其实哪个男人不是,哪个男人不喜欢女人的丰乳肥臀,可是一旦越过两性间那点可怜的俗气的欲望,女人的丰乳肥臀还是丰乳肥臀吗?两只乳房在少校眼睛里滚动,少校问自己,如果可以的话,自己将会怎么使用它们,少校想到的不是揉捏,不是吮吸,而是将自己的头深深地埋在里面睡觉。

罗拉坐下来,身体笔直,双目微闭,双手手心朝上摆在桌上,像是在祈祷,她说少校如果不介意的话也可以照她的样子做。

少校说自己是无神论者。

这与有没有神没有关系,况且如果你要承认自己不是万能的,那你心中就一定有神。

少校没有照罗拉说的做。罗拉也没有硬要求他,只是说,难怪你会吃不下东西,大人,罗拉已经睁开眼,心绪平静的她跟少校说,大人你别以为面前这些饭菜只是饭菜,就说你面前盘子里那些肉片吧,上面还滋有一层浮油,可是,大人你觉得那只是油,而不是花吗?还有那些绿叶,一粒种子得经历多长时间的酝酿储备,然后破土而出,一点点,一天天,日夜不停息地长,才有了现在这个模样。这都是上天的恩赐,大人,它会在嘴里和你说话,会在胃里变成汁液分布到你身体的每一部分,它们会完全将自己献给你,毫无保留,只要你用心,把你的心掏出来就会发现这是多少年才能修来的缘,大人,你懂了吗?你用筷子把它们夹起来,慢慢放进嘴里,再用牙轻轻去咬,你仔细感觉一下,一切就不同了,你不仅会从中品出香味,兴许还能品出一种悲壮来,因为这是一场生与死的合作。经罗拉这么一说,少校再看面前的饭菜时,还真感觉不一样了,要说敬畏是谈不上,但他将一片肉放到嘴里时,确实产生了敬重。罗拉说,这是她嫁给胡力图那天巴罗蒂娅奶奶教导她的,她也由此变成了哈斯卡尔乌斯图耶芙娜最好的厨娘,因为她做饭用心,任何事情有心和无心所生成的结果自然会天壤之别。

有了这些铺垫，两人就聊开了。边喝边聊，后来罗拉突然哭了，感慨岁月，哀叹人生，讲述自己的不争气，说自己原来是哈斯卡尔乌斯图耶芙娜最美最爱笑的女人，说多少男人慕名而来，当听到她的笑声后便会开始爱上晨间的露水，更有多少男人说自从见到她之后梦中再也没有出现过第二个女人，可是现在，她的笑声只是以铃声的形式偶尔被保存在某个人的手机里，她的人，她的身……讲到这里，罗拉破涕为笑，说，现在有时候我都嫌弃自己。大人，你说，要是就这么一个女人往你面前一站，说要把自己送给你，你会接受吗？

接受啊，为什么不，你说你哪里不美？少校说。这时两个人已经将一瓶酒喝光，罗拉在开第二瓶。

别哄我开心了，大人。罗拉说，即便你这么说，我知道你也只是随口一说，即便你不是随口一说，那也是因为旁边再没有第二个女人，你只是凑凑合合勉勉强强接受了。

别那样自损，罗拉，人们对美的看法不一样，兴许我就正好喜欢你这一款呢！

呵呵呵！罗拉笑了，她说，那倒也是，最近几年我就莫名地开始喜欢带刺的东西，连花都是，有几次不小心被针扎破，看着鲜血从肉里慢慢渗出来，形成一个球，然后向四处流去，就觉得特别美，所以我养了很多花，大蓟、小蓟、紫花蓟、仙人掌，都是带刺的。罗拉看着少校，大人，你要不要来摸一摸我，看我是不是浑身都是刺，说不定明天早上你来餐饮供应部，会发现原来是一只刺猬在给你准备早餐。

说着罗拉把自己的肩头给少校递了一下，少校没有伸手，只是巧妙地绕开了，他说罗拉至少我知道你的手上没有刺，还不影响给我做饭。罗拉又一大口酒下肚。此时，她的眼神就显得有些迷离了。她摇摆着，说自己其实真的很想浑身长刺，就像刺猬一样，那样就再没人敢招惹她了，她也可以蹲到少校宿舍门口给他当门神。

总之两个人聊得很嗨，喝得也畅快，两瓶酒下肚，少校说实在不能再喝了，还是见好就收吧。见好就收？罗拉站起来，已经有点东倒西歪了。少校回答，见好就收。好，那咱们就见好就收。其实就算不好，那也得收了，我太明白了，以我现在这个样子，最终也是一个"收"。罗拉扶着桌子站起来，又绕到还没离座的少校面前，她准备伸长胳膊竖起大拇指的，结果差点儿扑到少校怀里，实际上她已经扑到少校怀里了，只是因为少校用胳膊搀住她才没有全身倒下去，她仰起头嘻嘻地冲少校笑，这一次把硬朗朗的大拇指竖给少校，说，军人就是不一样，你这酒量，胡力图喜欢。少校这时就只得站起来了，他说要送罗拉回家。罗拉说，真看不出，大人你还是一个贴心人。但她并没有要让少校送她的意思，他们相互搀扶着，一到院里，凉风一吹，罗拉就精神得和没事儿人一样了。罗拉大步流星往前走，一边还说，今晚可真痛快，以后我再也不是一个人了。少校站在台阶上目送罗拉离开，周围依然夜色沉沉，只是那夜的黑比以往喧腾了许多，很像一团掺了黑墨的焦油在热锅里翻滚。罗拉是在眨眼间消失的，连同她的声音，少校既没有听到那个大铁门被打开，也没有听到被关上。

看来自己是喝高了。为此少校心里还萌生一种深深的愧疚，可他在那天是故意喝高的，他想看看浓浓的醉意能不能把自己推进梦乡。

后来，少校哼着小曲上楼，却不知道已经有人在宿舍里等他。到了门口，少校还恣意妄为地大喊，啊，真没发现，我贝金斯居然有这么大的酒量。少校猛地开门，左一下右一下用力抬腿将鞋踢飞，然后伸手开灯，"啪"的一声，白花花的灯光下，一个红丝巾盖头，通体穿着白色长裙的女人正坐在他的床上。

哎哟，我的大忙人，你怎么这么晚才回来！是一个女人的声音，埋怨的语气里却全是嗲气。

你是谁？

还能是谁？是一只你视而不见的小虫子。

你明明是个大活人。

过来我的大忙人，那女人说，你看看你，满身的酒气，怎么和那些酒鬼一样。我知道你睡不着，贝金斯，来吧，只要有我在，你会睡得很香的。

你是谁？少校重复一遍问题。

一个可以让你安心入睡的人。

少校进来，想近距离看看女人，他不相信会是罗拉——你是说你也会催眠术？

当然，不就是让男人入睡嘛，这应该是每个女人天生就有的小伎俩吧，否则她怎么能称之为女人呢？过来，大忙人，喝那么多酒一定累了，你需要好好休息。

可我不知道你是谁，你是怎么进来的？

你那么想见我，你一直在千呼万唤，你竟然不知道我是谁？这也太滑稽了吧，我可是走了很远的路才赶来的，谁知道你却在和那个骚女人喝酒，真是扫兴。不过我不嫉妒，真正嫉妒的是她，她一直在给你灌迷魂药，想用自己的悲惨经历赢得你的同情，她一直想把你的心掏出来，可是一个人的心怎么可能那么容易就掏出来呢？人心一旦离开身体很快就会变凉,也会很快死去,人心是掏不出来的,除非这颗心自愿敞开。我知道,只有滚烫的激情和真挚的爱,才有可能让对方的心打开。过来,贝金斯,我等你好久了。

你——是——谁?少校口气非常强硬,就像审判一名敌军战犯。

乌拉塔尔。

哦,原来你是塞丽纳——帕特维希头人的女儿。

是的,我知道你早就想见我了。可我实在没有办法马上来,我得把那个梦做完:在梦里,你我在打仗。贝金斯,我一身红色铠甲,身披黑斗篷,骑着白马,你开着一辆重型坦克,你气势汹汹地向我冲来,你将炮筒对准我。我就在你面前,我知道你在看我,我也在看你。我们俩的不同是,我的目光穿过坦克厚厚的铁板看到的是你那颗无法抑制的心,而你将瞄准镜对准我的心脏看到的却是我的身体。我记得我跟你说,既然我爱上了你,那么无论你是敌是友我都愿意死在你手里。所以我一直骑在马上,将长枪对准你的炮口,却在等你的处置。来吧,贝金斯,就像现在,即便你扑过来,把我剥个精光,用刀扎我,用炮轰我,用拳头揍我,都无所谓,反正你怎么待我,在我这里,我能体会到的只有两个字——幸福。

我觉得你是在梦游，塞丽纳小姐，这里可是我的宿舍。

叫我乌拉塔尔。贝金斯，如果你非要叫我塞丽纳，那就叫"塞丽"。

你为什么讨厌自己的名字？

因为在巴力语里"乌拉塔尔"是"仙女"的意思，而"塞丽"是女妖。我可不想做什么仙女，我只想做女妖。塞丽纳呢，只是一种漂亮的花，难道你希望自己的女人是一朵花吗？贝金斯，花有什么好啊，矫揉造作，任人摆弄。罗拉就是一朵花，我才不要做她那样的女人。

我知道乌拉塔尔是一条河。少校进屋捡起地上自己的鞋穿上，靠到了写字台上。

是啊，那你就应该知道，塞丽纳就是乌拉塔尔，乌拉塔尔就是塞丽纳。

但你最终还是塞丽纳。

不，贝金斯，我是塞丽，我做不了仙女，我只能是女妖，也必须成为女妖。过来，你这个笨蛋，到女妖这里来，你就不想知道女妖长什么样子吗？要不要让你看看我那条三尺长的柔舌？

不想，塞丽纳。对我来说，知道你是头人的女儿就已经足够。

呵呵呵，果然不出我所料，你还是将头人竖在了我前面。不过，你错了，贝金斯，我是我，头人是头人，我是头人的女儿不假，但头人与我没有半毛钱的关系，请忘记你那些该死的坦克吧！也别以为自己是军人就可以武断行事。因为实在等不到少校坐到自己身边，塞丽纳便自行拿掉了头上的丝巾，露出浅栗色的头发，白皙的脸庞，蓝绿色的眼睛，一对饱满丰沛的嘴唇，不管有没有可能她都张开的双臂，在得不到少校任何回应后自然落下了。

少校记得塞丽纳头发上插着一朵花，双脚裸着，裙子上有一些星星点点的泥巴，还有几处脱丝。少校问塞丽纳，你对我了解多少呢？我来这里还没有几天。

你问我对你了解多少？那好吧，那我就跟你说说，你是B型血，身高一米七二，体重七十二公斤，最喜欢的是虎式坦克，当然更爱美女，你出生在南方的稻谷之乡，最爱的食物却是面条，你是你们镇第一个开坦克的人，可你的梦想是飞上蓝天，从参军第一天起你就立下远大理想，将来要成一名受到国王接见的军人。为此你一直努力上进，一直在韬光养晦，一直在委曲求全，一直在拼命训练，一直在积极表现，终于在一次军事比赛中你有幸与现在的三军统帅结缘，并深得统帅喜欢。贝金斯，我比了解哈斯卡尔乌斯图耶芙娜、比了解我自己还要了解你。

少校被面前这个女人吓到了。

塞丽纳却像远行者终于回家了那样,舒展着身体躺在少校的床上,她安然自得,毫无隐晦,她和少校说,贝金斯,你要来了,我千等万等的爱人终于要来了,我当然要了解你的一切,就像你来哈斯卡尔乌斯图耶芙娜要预先了解它一样。不过,这就是我们的缘,贝金斯,你千里迢迢地来,而我就像命中注定一样在这里等你。

可你是头人的女儿。

那又怎样,我还可以是国王的女儿,上帝的女儿,你很看重这个?反正我不在乎。

那你为什么要来这里?

你又是为什么要来这里呢?

我是因为工作。

我是因为你。塞丽纳翻了一个滚,耍起了赖皮。

少校知道自己背后的窗户正对着巴力人的寨子,他担心面前的姑娘会突然在自己床上撕碎衣服大喊大叫,然后寨里的人跑来抓他一个现行。难道不会吗?那样,他们就可以以此为由将他赶走了,至少有把柄在手,可以叫他从此以后乖乖听话。是啊,"将他赶走""有把柄在手""叫他乖乖听话"

才是真正的重点。可是为什么呢？他们为什么要这样？何必要这样？尤其是塞丽纳，她为什么要这样？鬼才相信这一切的背后是一个少女的爱情（少校觉得非常可笑）。少校宁愿相信这是一个陷阱，一枚糖衣炮弹。

塞丽纳像一条无骨柔身的美女蛇，依然瘫在少校床上。少校建议她回家。塞丽纳却说就算死，她也不会回那个家。她四仰八叉躺着，毫无教养可言，她也似乎故意要表现成那样。少校一直待在原地，过了一会儿，他看到突然坐起来又跳下床的塞丽纳，要他像个军人，要让他拿出军人的勇气来接受现实。

什么现实，塞丽纳？少校问她。

我喜欢你，你也喜欢我啊！塞丽纳继续挑逗，来嘛，贝金斯。你的底细我又不是不知道，你肚脐右边有一颗黑痣，最喜欢端着一杯红酒赤裸着身体蜷在黑暗的沙发里享受西部音乐，还有你在坦克营驻地搞过两个当地女人，其中一个还被你搞大了肚子。不过，男人嘛，就应该这样，遇上自己喜欢的就应该出手，其实我也喜欢这种直来直去的纯粹，那种一丝不挂的自由。大家都是人，哪有那么多复杂绕道之事。你那次光着身体开坦克的样子太酷了，我也很想那样，贝金斯，你说开着一辆坦克就像骑着一匹野马，可我就是一匹野马,你不想来骑一骑吗?来吧,贝金斯,你撩起我的裙子来看看,我的小腹也有一颗黑痣,只不过是长在肚脐左边,其实你对我太一无所知了,难道你不想了解一下吗?

塞丽纳,你为什么要这样?少校问。

因为爱,贝金斯。我爱你,爱是我的全部理由。

可我们才刚刚见面。少校笑着,觉得无比可笑。

那是你,我说过了,对你我早就熟悉了。

塞丽纳走到少校面前,本已抬起胳膊准备去牵少校的手,却迟疑一下没有那么做。她说,你还没来之前,我父亲就警告过我,让我离你远点。这说明什么,说明连我父亲都知道我们在一起是一种天注定。为了不让我和你见面,他找理由逼我去州里学习,还威胁我,如果我不听话,就把我送到我姑妈帕拉芭丝那里,还永远不能回来,要知道帕拉芭丝可是在外国,要是那样我可就真见不到你了。哎呀……塞丽纳突然黯然伤神起来。塞丽纳终于还是将自己的身体贴到了少校身上,我知道我现在说什么你都不会相信,毕竟太突然了,我可以理解,你兴许还会认为我是在刺探你什么。可是我只想告诉你,那都是你的内心在作怪,我是一个单纯的姑娘。贝金斯,我爱你,就只是爱你。

可是你爱我什么呢?

你看，真正有刺探和疑惑之心的人是你。塞丽纳借机抬起双手捧住少校的脸，又摸了一下少校的下巴，然后把身体完全贴到少校身上。这具柔软的身体给了少校不一样的感觉，如果说罗拉的身体充满了肉欲的话，塞丽纳的身体就像一片草原，是一种坦阔的奉献。奉献不就是爱的同义词嘛！尽管塞丽纳的乳房也已紧紧贴在了少校的身上，可他感觉那更像是一个窗口，或窗户上的一片麻纸，只要轻轻用力便可以将它捅破，从此进入真正的美好的自由世界，可是不能……塞丽纳仰起脸，性感的嘴唇如收割机一样向前推进。她说，如果你认为我和你在一起，仅仅只是两具身体的那点激情需要，那我也不反对，但我会让你明白，我们可以起念于身体，但绝不会止于身体。你放心，贝金斯，我是不会逼你的，我今天来只是和你见个面，让你知道其实有一个女人在哈斯卡尔乌斯图耶芙娜已经等你几千年了，几千年了，你知道那有多久吗？

少校微微低头，闻到塞丽纳发丝里有股淡淡的草香。塞丽纳……少校换了语气，虽然我不知道你来的目的，但我绝不想伤害你，如果你是真的塞丽纳，头人的女儿，那你就应该知道，凡是来这里的派驻干部都必须严格遵守一条纪律。

是那条绝不允许和当地异性发生关系的纪律，对吧？这是什么狗屁纪律,那哪里是纪律,那是刑罚,是阉割。贝金斯,来吧,忘记你是派驻干部,忘记那狗屁纪律,今晚只有你和我,一个男人和一个女人,在哈斯卡尔乌斯图耶芙娜这间没人管束的房间里做我们应该做的事。你放心,贝金斯,虽然我比你年轻,但我一定会给你幸福。说到这里,塞丽纳几乎要哭了。她说,我自小就喜欢神鹰骑士,可是在哈斯卡尔乌斯图耶芙娜的土地上最后的一位神鹰骑士也要消失了。现在我只能在你身上才能勉强找到一点他们的影子,你强壮,有力量,你结实的身体能够让我感觉踏实,一直以来我活得太轻盈了,就像一片永远找不到落脚之处的云。好在我听到了爱的呼唤,今晚我来到这里绝不会成为你的负担,我只是想活在你心里。贝金斯,我需要你给我的身体增加重量,你能懂吗?否则,我迟早会被风吹散的,我不想以那种方式那么快消失,因为我是一个没有爱就活不成的女人。

塞丽纳,我们的世界不是到处都充满着爱嘛!

你觉得那些东西是爱?可我怎么觉得是欲望。塞丽纳掉了几滴眼泪,将脸贴在少校胸脯上,轻声说,我就是不管,贝金斯,我做梦都想你开着坦克碾压我的身体,哪怕你把我当成敌人。对我,你可以用爱,也可以用恨,只要你接受我,让我在你的心里存在。我知道你信不过我,你把我当成陷阱,一条美女蛇,那你就来一个将计就计深入虎穴好不好。你来试试嘛,看看你到底会得到什么,不过我可以保证,贝金斯,我会是你来哈斯卡尔乌斯图耶芙娜唯一的收获,你迟早会明白这一点。

这时电话铃响了,像多少电影桥段那样,是内部电话,这个时候唯一的可能只有罗拉,她有什么事返回来了,说不定还听到了他和塞丽纳的这席话。少校伸手去接,塞丽纳却抢了先,她毫无顾忌地冲着电话骂,贱货、大奶牛,坏我的好事,电话那头却无人应答。塞丽纳要做的事情便再不能继续下去了,她生气地用脚踢了少校,然后跑出去,在气浪涌动般的黑暗中扔给少校一句话:去找你的大奶牛吧!谁要再来见你,谁就是这个世界上最最最犯贱的女人!

少校也不管那么多了,赶紧追到楼下,可是空荡荡的场部大院已经没有了塞丽纳的身影。少校又往前追,发现平时紧锁的铁大门居然开着。这怎么可能?不过机会难得,少校毫不迟疑地拉开铁门走了出去,尽管有山谷来风,但不足以让少校退却,少校决定这就过桥,他要夜访巴力人的寨子。奇怪的是,当他走到一半时,自己宿舍的灯还亮着,可是后来,他继续往前走,无论怎么走都没能走到桥头时,他宿舍的灯却已经不知道在什么时候灭了。少校根本过不了那座桥!这是事实。即便他愤怒,吼叫,握起拳头用力跑也没用。最后,少校只能停下,不甘又无奈地慢慢转身。少校恼羞羞地原路返回场部大院,后面的事情少校就断片了。

6

等少校再次把记忆连接上,已是第二天的清晨。

习习的晨风吹起曼妙的纱帘,少校却头疼欲裂到满脸苍白。少校完全不知道前一夜自己是怎么度过的。为了新的一天的开始,少校去卫生间洗漱,他从狭窄的门缝看自己的床,又一次次将冷水扑到脸上,他想让自己破除所有的幻觉,可是氤氲的草香还弥漫在空气里,那条红色的丝巾就在自己的枕头下,草香是真的,红丝巾是真的,这一切都是真的!

少校顿时因为眼前的真实害怕起来。

这样,少校洗漱完毕再下楼就不再是之前的少校了。他预感自己会陷入一种之前历任派驻干部的必然之中。可是少校最为恐惧的是,自己根本不知道这个"必然"是什么。少校穿过楼道,路过叽叽嘎办公室门口时,惊人地发现叽叽嘎的办公室正对场部大门,如果大门打开,就可以看到那座桥、拴在桥头的那匹马,当然也能看到桥上发生的一切。少校就想,那么自己的宿舍呢?会不会也是一种特别策划下的精心设计?少校不由得心紧,隐隐推测,在自己宿舍对面的寨墙上,很有可能装有某种监控。哦,哈斯卡尔乌斯图耶芙娜,一个普通小镇,现在看来它绝不普通。

上午来上班的依然只有叽叽嘎和托托卡。半上午时罗拉从叽叽嘎办公室委屈地出来,还重重地摔了门。托托卡跟在后面慢吞吞地调解,可效果不大。因为他们用的是巴力语,少校听不懂,也不便参与,后来餐饮供应部里传出摔盆摔碗的声音。之后叽叽嘎进去,用通用语指责罗拉看似只是一次大意,实则是在有心蓄谋。他嗓门很大,语气中充满了后怕,难道罗拉不知道这哈斯卡尔乌斯图耶芙娜看似荒凉却从不缺少狼吗。少校这就不得不出面了,他支开叽叽嘎,把罗拉叫到自己办公室,罗拉还没开口就开始抹眼泪,说自己冤枉,前一天晚上自己是喝了酒,但是绝不会忘记锁门,接着便说叽叽嘎是在欺负她是个女人,要是胡力图在,看他们谁敢这样。不过,也正是因为胡力图他们才这样的,罗拉赌气说,等着瞧吧,我下次去魔鬼城堡就带一包老鼠药给胡力图,我让他死,他一死,这个世界就太平了,大家也就安生了。

少校让罗拉坐下来慢慢说，罗拉却打住不说了。少校问多了，她就一句话，不想说。因为胡力图的事在哈斯卡尔乌斯图耶芙娜连狗都知道，要问就去问镇政府办公室的大主任叽叽嘎吧，然后抬起胳膊把泪一抹，叫少校放心，她说，反正我这孤儿寡妇的到哪儿都一样，都得受人欺负，这也是自己的命，既然是命，就认命吧。说完便走了。

少校又把叽叽嘎叫到自己办公室，叽叽嘎说其实没什么大不了的事，他只是出于友情想提醒罗拉一声，谁知道罗拉就那么过敏，还不依不饶。

哦！少校一副局外人的样子，不做评价，他只说想和叽叽嘎谈谈工作上的事，毕竟作为一级政府机构那就得像个机构的样子。

那好吧……叽叽嘎正式坐到少校对面，脸上堆满了笑容，他说，其实也没有什么好谈的，哈斯卡尔乌斯图耶芙娜这地方一没有工业，二没有农业，三还谈不上服务业，拢共也就那么一群巴力人，那么多牛羊马匹和骆驼，对他们来说，生老病死早已平常，谁也躲不过，而悲欢离合却是各家的私事，镇政府不便于参与，因此在哈斯卡尔乌斯图耶芙娜所有的事，无非就是一群人伺候好一群牛羊马匹骆驼这一件事，哪有那么多公务需要处理。

那么经济呢？少校说，叽叽嘎主任，你不能否认这里经济落后吧，你对这里的经济没有做过深刻的思考吗？

上校，到您这里，上面已经派过三任派驻干部来抓经济了，我能不思考吗？可是上校，叽叽嘎自嘲地笑笑，我没有文化，也没见过世面，即使我想，最后的结果也是越想越糊涂。这么说吧，我觉得经济说到底还是一个财富积累的问题，谁积累的财富多谁就富裕，可是怎么才能积累财富呢？除了或骗或抢把别人口袋里的钱掏到自己口袋里这一条，剩下的就只能是三条路了吧！多生孩子，人多自然力量大；手里有技术，本来十个人干的活到自己这里一个人就能搞定；再者就是开矿挖资源了吧，反正是老天白给的，挖出来就是钱。可是在哈斯卡尔乌斯图耶芙娜，咱们什么都没有，一没矿产资源，二没技术，剩下的就只能多生了，人生多了，牛羊也得多生，这里草场有限也承受不了啊！到头来，我就不知道了……我们能看得见的，就是那些牛羊马匹和骆驼，可是我们的人手实在有限，上校，如果让牧民们都坐到这办公室来，谁去伺候那些牲畜呢？当然了，上面安排的工作我们肯定会认真去做，这个请您放心，我再说一遍，这些年咱们虽然不是样样先进，但也不是事事落后，该完成的咱们一样都落不下，上校……叽叽嘎说话时一直看着少校的表情，当发现少校稍稍显得有点不耐烦时，他立刻举拳捶了自己的头，骂自己猪脑子，又以赔罪的口吻问少校是不是有具体的工作要安排。

那倒没有。经叽叽嘎这么一啰唆，少校确实也没心情了。于是，他指了一下场部大门问叽叽嘎，那个大门必须要时时上锁吗？

这是必须的，上校，叽叽嘎回答，既为了您的安全，也是这里的一条硬性纪律，我们再也不能发生意外了。

意外？少校笑笑，意外有狼蹿进来，还是担心我梦游。

各种情况都有，上校，我可不是吓唬您，就说您的前前任——那个演员吧。一开始就有人发现大中午他一个人在桥上转来转去，毕竟他是艺术家嘛！大家开始以为他是在寻找灵感，或在思考什么问题。谁知道后来，后来的事您就知道了，我们认真讨论过的，上校，得出的结论是，那次意外一定是他的一次梦游。

哦，少校记得当时叽叽嘎说话时他脑子里想的却是塞丽纳。他想过要不要和叽叽嘎谈一谈塞丽纳的情况，她既然能夜里出现在他宿舍，那她为什么不能白天来上班，叽叽嘎一定会有一套梦游或幻觉之类的说辞来回少校。少校不相信会是幻觉，便向叽叽嘎提出让他带自己先熟悉熟悉环境。叽叽嘎爽快答应了,可当少校提出顺便到地下室去看看时,叽叽嘎便看似开玩笑地问少校是不是见到塞丽纳了。少校做了否定的回答。可叽叽嘎的话题并没有从塞丽纳身上移开。他说,塞丽纳这个姑娘野着呢!能把她抓回来是帕特维希头人最大的心愿。这也难怪,毕竟头人就这么一个宝贝女儿,而头人总有一天会老去,如果不出意外塞丽纳就是我们这里巴力人将来唯一合法的头人接班人。提到头人的说法,叽叽嘎说,上校您可能会觉得不习惯,这都什么年代了竟然还有这种虚头巴脑的东西,但是对我们巴力人来说这是必须的。巴力人是游牧民族,一直生活在自然环境恶劣的边缘地带,一百多年前为了逃过那场灭顶之灾,为了不被别的部落消灭,我们一路北进最后逃到哈斯卡尔乌斯图耶芙娜,因为这里的环境恶劣没人愿意来才最终安顿下来。叽叽嘎说,上校,您知道能让巴力人生存并繁衍下来的秘密是什么吗?就是团结,而能把大家团结在一起的就是头人,哪怕它只是一个象征,其实这些东西与现代不现代没有多大关系,至少我认为,人们没有了主心骨就会发慌,就会害怕。我觉得,一个人其实真正害怕的不是贫穷,而是不知道自己身处何处!哦,上校,我说得太多了,我就是改不了自己这个话痨的毛病了。

既然这样，塞丽纳那就更应该待在哈镇才对。

谁说不是呢，可是塞丽纳她偏偏不想接头人的这个班。为了让她更好地当好这个头人，她十三岁时头人便把她送到京都去学习。谁想她学到的却是其他的本领，抽烟、喝酒、谈吃讲穿，从京都回来后，她像变了个人，动不动就把眼睛画成熊猫眼，指甲涂成黑色，还把胳膊、腿、肚脐都露出来，据说还在自己的身体上文了一只蝴蝶，这在巴力人眼里是不可以的，她还索性说自己不再是巴力人了。头人因此被吓了一跳，但又不能和她硬来，头人只好给她讲传统与现代的关系，塞丽纳听不进去，还振振有词，说她既不属于现代，也不属于传统，她只属于她自己，可是什么才是她自己，她也讲不清，后来头人的烦心事就一桩桩接踵而来。唉，活在这个世界真是谁都不容易啊！

塞丽纳和罗拉之间似乎有一些误会。

女人之间能有什么误会，上校，不就是彼此不服争风吃醋呗，您知道是为谁吗？就是为胡力图。说到这里，叽叽嘎冷笑一声。

少校跟着叽叽嘎，在楼上粗粗转了一下，便往地下室走了，叽叽嘎很清楚这才是少校的重点和真实意图。叽叽嘎说，地下室在场部大楼建成以来一直只是当作仓库用。少校注意到楼梯上到处是灰,没有一个人的脚印,而且灯还不亮。叽叽嘎说,办公楼是在第二任派驻干部,就是那个演员手上修的。那个演员一拿到图纸就生气了,因为他嫌大楼的设计太丑。他说,既然世界上可以有剧院式的教堂,那就可以有剧院式的办公楼,说人在美的建筑中不仅能欣赏到美,还会提高工作效率。于是他把头人领到大楼选址处,说哈斯卡尔乌斯图耶芙娜这么空旷,不会受任何规划限制,虽然大楼只是用来办公的,但是花同样的钱就应该尽可能让它美一些,譬如用一些爱奥尼式的柱子、弧形的飘窗、巴洛克风格的穹顶和走廊什么的,可是上级哪里会听他的意见,大楼还是按图纸建成了,他看后说,每间房子都四棱四角,就像摞了两层棺材。

他真这么说?少校问。

千真万确,上校,可能搞艺术的人就是这样,总有一些异想天开的想法。

我是说,看来他还不只是一个演员。

据说他在国家美术学院进修过。叽叽嘎说,但他出面管了自己不该管的事。上级不听他的建议,他就郁闷、发牢骚、表示失望。大楼建成后,他说自己白天是在棺材里办公,晚上又躺在棺材里睡觉,结果真把自己送进棺材里了。

真的是这样啊?少校问。

我记得,大楼落成当天他就因为失望而沉默了,他把自己封闭了起来。后来我才想明白他为什么想建一个剧院式的办公楼,那是因为他自己一心想着剧院,他想让自己待在舞台上,为此他发牢骚,说就算不能修成剧院的样子,至少可以有一些斯特拉斯堡风格吧!他说斯特拉斯堡风格与哈斯卡尔乌斯图耶芙娜的地形地貌非常匹配,可是没有人知道斯特拉斯堡是什么风格,上校,您知道斯特拉斯堡风格是什么风格吗?我是说,毕竟只是办个公,能遮风挡雨就行了。他便冷嘲热讽说,这是典型的实用主义,整个帝国都处在一种严重的实用主义之中,根本不懂得审美,不讲究审美。您听听,上校,这哪像一个派驻干部说的话。

他是怎样的一个人?

一个十足的不切实际的娘娘腔。哈斯卡尔乌斯图耶芙娜到了冬天会大雪封山,他不让牧民们窝在家里喝酒,非逼大家到场部来排演剧目。他是话剧演员出身,当然没问题,可是大家都是牧民,要学个马叫羊叫的还可以,他整得那些大家实在来不了,所以,尽管他很努力,可是上下都不讨好,这样一来他就更愤懑了,也就更忧郁,更沉默了。好了,我们马上到了,这楼梯可真高,我好长时间不下来了,感觉它们又长高了一截儿。

越往下走越黑，灯泡还是一个不亮，害得少校只好打开手机的手电功能。少校潜意识觉得塞丽纳可能就在这地下室，他甚至夸张地想那会是一处秘密的华宫：宫殿四壁挂着手工地毯，中央吊着枝形大灯，到处是缀满璎珞和流苏的帷幔，一张圆形床上铺着华丽的天鹅绒被子，塞丽纳赤臂裸脚依在床上，她的身体香气馥郁，又汁水丰沛，身边说不定还卧着一只帕拉斯猫。到了地下室过道口，叽叽嘎掏出一大串钥匙，他努力找出那把能打开门锁的钥匙，真是见鬼！这些钥匙本来都贴过标签的，是谁把它们撕了。叽叽嘎显得很无奈，也很无助，他只能开始凭记忆选出一把，结果却连锁孔都插不进去。他内心很急，但又不想在少校面前表现出来，于是说，既然这样，上校，那咱们就一起做个游戏吧，他取出一把钥匙，高高地举到少校面前，问少校，上校，您说，这次是"咔"，还是"不咔"呢？如果猜中了，您得十分，如果猜不中，不得分，最后看咱们两个谁得分最高。这时上面传来"当当"声，叽叽嘎"啊"了一声，被惊出一身冷汗，他朝楼上喊，行了，罗拉，我知道是你。当当声继续，而且很大。叽叽嘎决定不管它，继续回过神来取钥匙让少校选择"咔"还是"不咔"。

这种游戏你们经常玩吗？少校强忍怒气。

不，上校，我们平时哪有这闲工夫。叽叽嘎说。

一扇门总算打开了，好在屋里的灯能亮，叽叽嘎说其实过道里的灯也是能亮的。一共有三盏，一盏被胡力图跳起来用手打灭了，一盏被胡力图飞出的鞋砸坏了，最里面的一盏……一定是被胡力图一口唾沫吐上去，炸了，少校插了话说。

我的天呀！叽叽嘎回头看少校，您是怎么知道的，你看过胡力图的卷宗了？还是罗拉，一定是罗拉……她总是这样多嘴。

罗拉什么也没有和我说。

没说吗，那不可能，叽叽嘎说，我才不信，罗拉这个人我是知道的，她就是憋着一天不去上厕所，也憋不住半天不说话。

她只是说关于胡力图的事你知道的比她多。

叽叽嘎说，当时胡力图就关在最里边那间屋子里。胡力图不服，折腾，还破口大骂。

你们拘禁了他？

那是因为没办法，上校，为了他，也为了哈斯卡尔乌斯图耶芙娜。

屋门开了,少校和叽叽嘎并没有进去,因为里面只是堆放了一些杂物,毫无看头。叽叽嘎说其实这些地下室设计时,只是为了防潮,并无多大实用性。可是以哈斯卡尔乌斯图耶芙娜的气候,干得连人的汗都出不来,哪里来的潮气,大楼建成后,托托卡一开始还把铁丝网、棍棒、防刺衣、头盔、钢叉一类的安保设施放到这里,后来发现楼上很多房间还空着用不完,大家嫌搬来搬去不方便,也就没有谁再把东西放到这下面来了。说到这里,叽叽嘎突然就问少校,上校您来这里已经有几天了,今天突然提出要四处转转,是不是察觉到什么了,是不是昨天晚上发生了什么。少校解释说,并无他意,只是因为前一天晚上自己被一种声音从梦中惊醒,听得不太清,有点像山猫。叽叽嘎一下子兴奋起来,笑着问少校,您确定是山猫?我告诉您吧,上校,一定是塞丽纳,塞丽纳会学各种动物的叫声。

少校没兴趣和叽叽嘎再玩下去,便要求直接去看那间曾关过胡力图的屋子。叽叽嘎走在前面,说整个过道全黑了胡力图可高兴呢,说什么"黑暗才是世界本来的模样",既然他觉得黑暗是世界本来的模样,那我们也没必要再给他装什么灯泡了,那时我们安排罗拉给他送饭,希望罗拉能劝劝胡力图改改他的混账脾气,让他明白哈斯卡尔乌斯图耶芙娜不仅仅是他一个人的,也是我们大家的。结果胡力图骂罗拉是贱货、没骨气,不配做他胡力图的女人。来到关胡力图的屋子,门是一下打开的。叽叽嘎还说这天底下真就有瞎猫撞上死耗子的事情。他伸手开灯,亮堂堂的屋子里,一堆乱草和一团烂被褥,靠墙的地方摆着一套简易的桌椅,上面还有一盏油灯,真有点像电影里关押重罪犯人的牢房,少校发现墙壁上被涂得乱七八糟,仔细辨认还有隐隐的血迹,屋顶上溅满了饭菜的污渍,厚厚的铁皮门上有个深深的拳头印坑,门缝处厚厚的白絮不是硝而是尿碱。叽叽嘎解释,我们实在拿胡力图没有办法啊,那个家伙一根筋,软硬不吃。最后我们只能把他送到魔鬼城堡去,否则我们还能怎么办呢?上校,要把他留在这里,不光是他疯,我们大家也得被他逼疯。

一个人轴一定有轴的原因,他的死结在哪里?

他就是想当英雄,想成为哈斯卡尔乌斯图耶芙娜的王。上校,一个人倒霉可能就是从他自以为了不起的时候开始的。

总得有一个由头吧?少校问。

我这么说吧,上校,胡力图之前服役参军作为军人那些年,他的表现很好,除了怀疑罗拉对他不忠之外,并没有做什么出格事。退役回来后,他进了联防队,就一心想当联防办主任，为此他和镇长吵过架。再然后，我记得是一个冬天，他突然就变混蛋了，并且越来越混蛋，包括那个演员派驻干部后来莫名其妙地掉下桥，多多少少也和他脱不了干系。

地面上又传来"当当当"声。叽叽嘎无奈地摇头，一边大声喊，罗拉你能不能消停一会儿，要是想上校了，那你就自己下来。少校到地下室走这一遭算是失败了，因为他没有发现任何异常，既没有发现一个可以直接通到楼外的秘密出口，也没有发现有人来过的迹象。他和叽叽嘎返到地面。叽叽嘎去放钥匙了。少校根据自己的判断，觉得当当声应该是有人击打院里的旗杆，可他自始至终没有发现一个人影。

7

少校回到办公室，第一次兴奋地发现手机信号出现了满格，情急之中他连要说些什么都没想好，便给京都的将军办公室拨了电话。少校语气激动，将军在那边相当沉稳。少校语无伦次地说，自己在这里很好，一切都好，虽然环境恶劣，但绝不会辜负将军的信任。将军语气平和，说好就好，看有没有需要他出面协调的事情。少校回答说，没有，现在他最大的心愿就是想隔着两千多公里向将军敬个礼。将军像父亲一样说，敬礼就免了，只要少校在哈镇时刻不要忘记自己是一名帝国的军人，一切要为帝国着想，在此基础上，只要是对当地人有利的事尽可以大胆放手去做。是啊是啊……信号就在这时突然中断了。少校坐下来，似乎获得了某种底气和嘉奖，他回宿舍取来日记本在空白页上重笔画了一个圈，又在里面写上了"胡力图"，尽管将军没有明说，说不定自己被派来肩负着一项秘密任务，那个任务就与胡力图有关。一上午少校都在办公室写日记，下班时叽叽嘎敲门进来，建议少校如果有机会应该去镇小学给孩子们讲一堂课。少校只是随口"噢"了一声，然后像刚从睡梦中清醒过来一样问叽叽嘎，学校，你是说这里有学校？

我的上校呀，您可真能想，哈斯卡尔乌斯图耶芙娜是穷，但不至于连个学校都没有吧。叽叽嘎说。

我不是这个意思，叽叽嘎主任，我是说……少校本想说，自己为什么听不到孩子们的读书声，可他改了口，我是说学校是在寨子里吗？那样的话，借着讲课我正好可以去寨子里看看。

可惜不在，上校，我们的学校建在寨子那边的山洼里。当时场部大楼之所以建在这里，就是因为这里是寨子左边，学校在寨子右边，这样一组合从远处看，我们哈斯卡尔乌斯图耶芙娜就像一只起飞的雄鹰。去吧，上校，您备备课，这里的孩子很喜欢听飞机、大炮、导弹、航空母舰的故事。说完叽叽嘎走了。

午饭时，少校向罗拉问起了那个演员的事，为什么在大楼建成当日就沉默了。

他没有沉默，大人。他只是不想说话，遇上那种女人，哪个男人也会变得无话可说。

谁？他遇上了谁？罗拉，是塞丽纳吧！

除了她还能有谁？罗拉说，大人，你肯定发现了，文秘办是和第一副场长办公室门对门正对着，大楼建成后，也是第一副镇长的那个演员就建议，实际上是要求全镇公职人员必须按时上班，大家照办了，那时塞丽纳是文秘办主任，不过你可千万别把这里的主任当回事，他们想给谁就给谁，反正每个人头上安那么一个头衔就是为了多一份薪水。叽叽嘎一定跟你说了，那个演员很不像个男人，如果有机会你找一下他的照片看一看就明白了，他要换上一身女装，再隆个胸，一定比女人还要女人。他和胡力图走得很近，当然了，那时我们家已经是困难户了，他很想帮助我们，这样他就有了和胡力图经常走动的理由。为此也有人有过误解，背地里说他很可能喜欢男人，可我知道他喜欢的人是塞丽纳。他们三个之间关系很好，就像一个小团体，他们反倒把我撇到了一边。那时上班有个规定，所有办公室的门都必须打开，你想想吧，塞丽纳就坐在第一副镇长，哦，那个演员的对门……我该怎么说呢，我们都是过来人，他们那点小心思还看不出来吗，那个演员就是想让塞丽纳时时在自己眼睛里。

这并没有什么错，不就坐个对门嘛，还能有什么小心思。

是吗，只是坐在对门这么简单？你知道吗，有一天他们的秘密终于被头人发现了。知道是什么秘密吗？说出来都叫人恶心，难怪那段时间我发现塞丽纳天天都穿裙子，原来她是为了在办公桌下撩裙子方便，再往下的话我就不多说了。大人，你稍微多想一想就都明白了，这叫什么事，有本事到床上去摸去滚啊！上班时间搞这套，太恶心了！

这事你怎么知道的？少校问。

胡力图。当然把事情说出来的是那个演员，胡力图说，那个演员虽然是派驻干部，但和他却是无话不谈，他说是塞丽纳让他把她办公桌下面的挡板拆掉的，他甚至说塞丽纳的大腿根文着一只蝴蝶。胡力图根本不信，还和我说那个演员一定有妄想症。可是突然有一天，胡力图回来说，他相信那个演员说的那些事了。但是他为什么相信我也不知道，兴许是因为是他发现塞丽纳什么事都能干得出来；兴许是因为知道了帕特维希头人找演员谈话的内容。到后来我也相信了，知道为什么吗？有一次演员呼扇着两只胳膊，我说真好看，像一只蝴蝶，他立刻就停了下来，还满脸涨红。据说，这事被传到市派驻干部管理局那里了，他去开了一次会，回来就彻底沉默了。

塞丽纳喜欢演员吗？

鬼才知道。反正塞丽纳嘴里没一句实话，但她喜欢男人倒是真的，她希望世界上所有男人都喜欢她。所以啊，不管你是听谁说，但那个演员在大楼建成时就沉默了是不对的。真正的原因是塞丽纳，可塞丽纳的背后的原因是什么，你就只能去问塞丽纳了。

可是我怎么才能见到塞丽纳？

难道你们还没有见面吗？这怎么可能，那个小妖精鼻子尖着呢，不要说男人，就是一只几十公里外的公狗她都能闻到。她一定已经来过了，说不定在你床上都躺过几次了。她需要男人，大人，很小的时候她就说男人身上的那种雄性的味道特别迷人，她喜欢那种味道。大人，不信你回去看看，说不定你的东西已经有人动过了。

罗拉，你好像对塞丽纳很有成见。

有吗？这肯定是有人在你耳边嚼我舌头，别以为她喜欢胡力图，我就会跟她过不去，我没有那么小心眼儿，大人。再说胡力图也是男人，即便他把塞丽纳怎么样了，最终他还是我的男人，对吧？

你的意思是……

我没什么意思，我知道塞丽纳一直想勾引胡力图，这样哈斯卡尔乌斯图耶芙娜就会变成一锅粥了，小妖精也就如愿了。大人，我是那么爱胡力图，现在有女人想从我身边抢走他，你说，我……难道还欢迎人家不成？

咱们还是说你吧，罗拉，我知道你们家可是镇里最穷的人家。

当听到"你们家可是镇里最穷的人家"时，罗拉的情绪一下子激动起来。她摔了手中的围裙，说话开始夹枪带棒，说，是，我们家是够穷的，不过那也是拜某些人所赐。现在对我来说穷不穷其实已经无所谓了，反正又饿不死人，至于钱嘛，多了多花少了少花，羊皮袄和貂皮大衣一样保暖，步行和骑马一样能到目的地。

话可不能这么说，罗拉，少校说，咱们至少应该一起努力，我们每个人都应该努力过上好日子。

什么是好日子，大人，再说我们一起努力，你可以吗？你愿意吗？罗拉阴阳怪气起来，过不了几天，你就会躲得我远远的，当然你又躲不到哪里去，因为自从派驻干部来了，就有我家这个最穷户了。

罗拉，你这个逻辑似乎不对吧，你家穷不穷至少与派驻干部没有关系吧。

难道真是这样吗？我可不这么觉得，巴罗蒂娅奶奶也不觉得，要说日子，现在可比以前不知道要好多少。要说穷，大家以前一直穷，可是以前为什么我们就没有见到过派驻干部呢？

那是因为之前大家都穷，现在帝国大部分人的日子变好了，变富裕了，相比之下，哈斯卡尔乌斯图耶芙娜比别的地方显得就要穷一些。就说你们家吧，和镇里其他人家比一比，叽叽嘎家、托托卡家，尽管我没有去过他们家，你们家的条件肯定要差一些。

可你知道这是为什么吗？罗拉越发气愤了，她质问少校，这些都是谁造成的？他们给了我一份厨娘的工作，就指望我为此对他们感恩，那是痴心妄想！

少校这就听不懂了，他慢吞吞地问，是谁制造了贫穷？罗拉，是我吗？

那你也得有那个本事。罗拉很不客气地说,谁制造的谁心里明白。大人,我家里还有两个孩子呢,我得回去了。其实我知道你是在拐弯抹角了解胡力图的事,我还是什么也不说为好,省得大家又睡不着觉。再说,不正是因为我们家这个困难户你才千里迢迢来到这里的吗,我还是继续穷着吧!省得你没有理由留下,如果你走了,那可就再也见不到我们美丽的塞丽纳了。大人,说到底,我就是一个厨娘,饭不可口你凑合吃,话不顺耳你将就着听,想要美女嘛,那就等塞丽纳,想要讨点智慧就去找巴罗蒂娅奶奶,要想遛狗,那就去找叽叽嘎。

少校彬彬有礼地微笑,说自己其实见到塞丽纳了。

罗拉一点儿也不为此惊讶,她只是半侧着头看少校,那我真的要祝贺你了,我们的大戏总算要开始了。

夏日的阳光无遮无挡地照着,照到身上会有灼伤感,饭后的少校独自在院里待着。他走来走去,抬头看看旗杆上,低头脚下是黑褐色的碎石,四周依然空旷而无声。少校蹲下来,想在墙角处发现一点有生命的东西,可是他连一只蚂蚁都没找到。他清楚地知道,自己就是整个场部唯一的活物。

下午,少校想把叽叽嘎和托托卡叫到一起开个会,他已经不指望再有其他人了,虽然没有挑明,但他能看得出来——一个镇政府实际上就只有叽叽嘎和托托卡两个人在撑着，可他还是想和他们讨论一下当地的经济问题，派驻干部工作手册是有明确要求的，他不可能真如将军说的那样在这里悠闲自在地住着却什么也不做，至少他得完成手册里要求的那些份内工作。可惜下午来的只有叽叽嘎一个人，托托卡到基层联防队去检查工作了。不过这样也好，反正托托卡也只是一个摆设，在场还会给叽叽嘎打岔转移话题的机会。

两个人就在少校办公室，少校问叽叽嘎，哈斯卡尔乌斯图耶芙娜真就一点资源也没有吗？

可惜没有，上校。您的前几任都想过办法找资源，各种专家、地质勘测公司都来过，最深的一次钻了四百多米，可是什么都没有找到。您看看这外面，一场雨过后，连水都存不住。上校，这里能有什么资源？

兴许没有资源恰恰是哈斯卡尔乌斯图耶芙娜最大的资源，叽叽嘎主任。

叽叽嘎被少校的话惊到了，怔怔地愣在那里，此话怎讲？

譬如南极，冰雪铺天盖地，连鬼都没有，还有北极，除了无尽的黑夜，就是熬不过去的白昼，可是这种体验哪里还能提供呢？"独特"不就是一种资源吗？

您的意思是说，让人们来咱这里欣赏和体验"什么也没有"？

唉，怎么叫"什么也没有"，"没有"就是最大的"有"嘛！无边的开阔、无限的荒凉、无尽的自由，你想想，对那些被裹挟在熙熙攘攘的人群中和被困在写字楼里的人是不是一种向往。

哦……叽叽嘎开始点头，我好像明白了，上校的意思是，荒凉和"没有"也可以变成财富。啊，真是太妙了，您是怎么想到的，上校，这想法也太独到了，不过，我们得和帕特维希头人好好商量一下。

那是，毕竟来这里的人，多数是在舒适的环境中活腻了的，吸引他们来，咱们得保证既给他们全新的体验，还不能让人家生活起居上无法接受，毕竟是体验嘛！这个分寸咱们得好好琢磨一下。不过这只是我个人的一个粗浅的想法，也只是和你聊聊。

叽叽嘎笑了，没发现上校原来是一个喜欢异想天开的人！

接着两人又聊起胡力图。叽叽嘎说，胡力图去魔鬼城堡马上快四年了，这中间回来过，镇里重新安排他去联防队，结果不到一个月他老毛病就又犯了。

什么毛病，酗酒？还是到处乱逛？

收集材料，上校，在胡力图眼里我们这些人都是罪人，是骗子。所以他只能再回魔鬼城堡。我觉得胡力图没救了，上校，罗拉也这么认为，只是作为胡力图的女人她不能这么说，她之所以帮他其实也只是给他一个希望，罗拉担心胡力图有一天会因为失去信心而自杀。我倒觉得这根本不可能，胡力图执拗得像头犟驴，可罗拉说胡力图的脆弱别人哪能知道，兴许罗拉说得有道理，越是坚强的人内心其实越脆弱。不过胡力图绝不会这样的，包括酗酒，我一直认为他是在装，他只是想通过酗酒折腾他那些乌七八糟的事，然后留出更多的时间去写他的材料，他一直在写，一直。

他从来没有交出来过？我是说那些材料。

有过。胡力图不搞阴谋。有一天他跑进镇长办公室，指着帕特维希头人的鼻子说"我要举报你们"。

头人是什么态度？他至少会关心胡力图举报的内容吧？

头人态度很冷静，上校，头人心里没有鬼，自然也就不用害怕什么。据说头人和胡力图彻夜长谈过几次，可是胡力图还是坚持要那么干。头人就说，那就来吧，大不了免去他的镇长职务，那样反倒正好，头人早就不想当这个镇长了。如果您有机会和巴罗蒂娅奶奶聊聊，您就会明白了，其实我们巴力人从来不看重钱财,巴力人一直认为钱财带不来幸福。叽叽嘎说,这可能正是哈斯卡尔乌斯图耶芙娜贫穷的原因——因为巴力人不觉得贫穷是贫穷。当然在电视上看到别的地方翻天覆地的变化,拿人家十几万索耳的月薪和我们不到三千索耳的收入对比,心里也会触动,但多数人只是嘿嘿一笑,那有什么嘛,他们有他们的钱,我们有我们的牛羊骆驼。上校,每个人想法是不一样的,自然观念也不一样。

我还是不大明白,胡力图为什么要写那些材料。

我不说了嘛,他觉得我们有罪,是骗子,是我们把哈斯卡尔乌斯图耶芙娜毁了。

把哈斯卡尔乌斯图耶芙娜毁了?

但我们问心无愧,上校,因此头人不怕他,还鼓励他去检举,头人跟胡力图说,如果邮寄不放心,他还可以让托托卡放他半个月的假,如果费用不够,他可以出钱。帕特维希头人是真不在乎,上校,头衔,收入,反正他的工资一分也没花在自己身上,他把自己的银行卡放在我这里,密码全镇人都知道,只要有人生病住院需要钱,尽可以拿去。塞丽纳当然反对这么做,因为她想用那些钱去买漂亮的首饰和新衣服。但是她反对无效,毕竟头人是头人嘛。

那些材料,帕特维希头人看过吗?

没有。头人把胡力图给他的材料扔进火里了。那些材料我亲眼看到胡力图装进了信封，交给了邮差，至于寄到什么地方我就不知道了。

然后呢？

然后就是没了下文，那些材料石沉大海。胡力图继续写，继续寄，一次又一次，不厌其烦。

还是没有下文？一直没有？

一直没有，上校，我也奇怪这是为什么，刚开始我们担心出事，还专门开会研究，决定让派驻干部去做胡力图的思想工作。

这是什么时候的事？

前几年，就是在那个演员手上，头人派的就是演员，毕竟他是外来人，又见多识广，结果不仅没起多大作用，后来还把塞丽纳也牵扯进去了，他们三个搅在了一起，头人睁一只眼闭一只眼，心想塞丽纳能把胡力图的火气压下来也行，可胡力图却来了个公私分明，感情归感情，检举归检举。

看来这个胡力图还挺有个性的。

你觉得那是个性，上校？那是无知，是自以为是。这可不是我说的，是他奶奶巴罗蒂娅亲口说的。

是什么事引爆了胡力图？

哪有什么事，这地方能有什么事，就是他一天里胡思乱想走火入魔了，发神经。

看来有机会，我还是应该见见他本人。

我劝您最好还是别见他，就让他在魔鬼城堡里好好待着吧。万一胡力图失去理智，用他那条假腿打您，给他修腿是小事，万一伤了您，我们可担待不起。

假腿？他还打人？

这事不是没有发生过，就说之前那个商贸干部吧，人很好，就是不会说话，他嫌胡力图游手好闲，罗拉却天天累个半死，就因为说了一句胡力图吃软饭，胡力图一个转身揪下假腿便打人家。好在商贸干部躲开了，假腿砸到旗杆上。胡力图的假腿坏了，害得大家还得给他捐款。真是没办法，上校，胡力图自觉不是凡人，动不动就提克鲁姆将军，他想成为克鲁姆将军式的人物，可是他又没那个本事，再说这是和平年代，怎么会允许他那么胡来啊！

克鲁姆将军？这怎么还扯上克鲁姆将军了，他难道不知道克鲁姆将军是谁吗？

他当然知道，他从小就是听克鲁姆将军的故事长大的。我给您举个例子吧，上校，有一年冬天，他家丢了一只羊，还是只羊羔，一看就是被狼叼走了，这在牧区又不是什么新鲜事，要放在别人身上，顶多叹一声气，自认倒霉。可是轮上胡力图就不行，他就和那只狼干上了，他骑上马，就是桥头拴着的那匹马，要知道那时天气已经大变，眼看要下雪，多少人劝，他也不听，现在讲起来就是个笑话，上校，他穿着铠甲、披风、带上长矛，追了三天，不知道经历了什么，但他后来确实带了一只狼回来，还是一只怀着小崽的母狼。实际上他犯了大忌，上校，我们巴力人从不打母狼。他把母狼驮回来时，他自己也奄奄一息了。开始我们以为他是饥寒交迫，累的，后来才发现他的右腿被咬了，伤口很深，尽管他用绳子做了绑扎，但最终还是没能保住。

后来呢？

胡力图昏迷了四天四夜，醒来后第一件事就是亲手剥了那只母狼的皮，他把狼牙拔下来做了一条项链戴在自己脖子上。他成了孩子们心中的英雄。这件事很快传到他曾经服役的部队，战友们给他捐款做了假肢，镇里把他编入联防队。作为镇长，帕特维希头人已经仁至义尽了，可是胡力图给帕特维希头人的回报是什么呢——检举材料。

他就检举头人一个人？

当然不是。应该是镇政府办公楼里的所有人。总之，胡力图就是一个混蛋、一条疯狗。

你刚才说,那些寄出去的信都没有下文,胡力图没想过这是为什么吗?

他能想什么呀?他只能想那些信一定没有寄出或中间被截了,因为负责哈斯卡尔乌斯图耶芙娜的邮差不是巴力人,但是和帕特维希头人非常要好。胡力图怀疑邮差做了手脚,为此胡力图教训了那个邮差,邮差当然是冤枉的,为了证明清白,邮差把邮局交接的存根都给他拿来了,可胡力图还是不信。

那他还可以走其他渠道,譬如电话、电子邮件和传真,还可以直接去找上一级。

是啊,后来他还真去了,走了五天,听说受了不少罪,可那些信依然石沉大海。

这不可能。

可是,事实就是那些信一直没见有回音。

于是胡力图气不下,就继续写,是这样吧?

您猜得没错,上校,有一段时间他认为是因为材料写得不够好,毕竟他文化程度有限,于是请他的妹妹莎曼帮忙,莎曼帮过他几次,后来烦了,也就不帮了。

他到底想干什么?

我也说不清,上校,我曾经和托托卡建议干脆把联防办主任让给他得了，可是镇长不同意，他倒是不担心他喝酒，而是害怕他冲动。后来，他经常来场部说要查场部的财务流水和物资调配清单，天天来，有时手里还拎了一瓶酒，乱喊乱叫，不管哪个办公室想踢谁的门就踢谁的，搞得大家无法办公只得都把门关上。

原来是这样啊。少校拉着长音，似乎对胡力图的事有了大体上的了解。叽叽嘎也像完成了任务一样长出了一口气，便转移了话题。叽叽嘎希望少校到学校给巴力人的下一代送些硬朗的东西，因为现在的孩子们不仅不会放牧，连杀只鸡都不敢动手了，他们每天沉溺于电子游戏，可是那些游戏最终带不来食物。少校借机提起克鲁姆将军的故事。叽叽嘎说，那就讲讲克鲁姆将军，毕竟克鲁姆将军是现任国王的父亲，再说少校是正规军人，对克鲁姆将军一定有更内部的了解。少校却说，他的意思是来到哈斯卡尔乌斯图耶芙娜，本该是自己听叽叽嘎讲克鲁姆将军的故事才对。两个人为这阴差阳错的对话发笑，还感慨，这一句接一句的聊天，竟然也能出现如此意思相反的现象。

和叽叽嘎的聊天结束后，少校就思谋自己是不是搞错了方向，是不是胡力图的那些信已经通过某个或偶然或秘密的渠道进入了京都的国王大厦，说不定早就摆到了国王面前，国王认真看了那些信，他会觉得只是一桩小事吗？毕竟哈斯卡尔乌斯图耶芙娜是克鲁姆将军——那个人人皆知的故事发生地啊！国王会不会多一点关心呢？于是少校专门到叽叽嘎办公室上网查阅资料，尽管网络时通时断，但他还是找到了一些，只是和之前自己知道的差不了多少：

英勇的克鲁姆将军受命西征，在一次战役中不幸被俘后，机智地从敌人手里逃脱，他一路刨草根吃积雪在茫茫的戈壁上寻找自己的旧部。后来他来到一个叫哈斯卡尔乌斯图耶芙娜的牧场，在天地一色中迷失了方向，追赶他的敌人却对牧场了如指掌。为了安全将军只能白天躲进雪窝里休息，夜晚再出来行动。他艰难地在此生存了五天六夜，在几近绝望时遇到一户牧民，因为分不清敌友，将军不敢贸然接近，他爬过栏杆钻进牧民家的羊群，把自己的生命交给了命运。羊群在他身上蹭来蹭去，将屎尿拉到他的身上。因为实在太累，将军竟然不知不觉睡着了（也可能是因为疲劳过度而晕厥了）。后来，毡房里的一名巴力人出来搅动羊群时发现了他，把他拖进毡房。将军在暖暖的火炉边苏醒，又在这位巴力人的照顾下慢慢恢复了健康，那位巴力人将自己的马赠给了将军，让将军骑着它找到了部队。那个牧民就是伟大的巴力族母亲巴罗蒂娅。

只是——当时的故事真就这么简单吗？克鲁姆将军在回忆时是否做过筛选谁知道呢。据说克鲁姆将军临终前曾经对国王有过交代，希望国王一定要亲自到哈斯卡尔乌斯图耶芙娜看望巴罗蒂娅，因为从某种意义上讲，如果没有这个巴力族女人，就没有后来的克鲁姆将军，更不会有国王的今天，面对这个临终嘱托，国王是满口答应了的。可是从少校掌握的情况来说，国王至今没有兑现自己的承诺，难道是……自己只是一个先头部队，秘密来打前站？

8

少校当即在日记本上写下"巴罗蒂娅"四个字，心情好得就像积压多年的无头案突然发现了一条新线索。他哼着小曲拆下床单、被罩、枕套抱到楼下，他再也不想受哈喇味的折磨了。少校到餐饮供应部烧上开水后，端一大盆清水来到院中。

这是周六的上午，叽叽嘎和托托卡是不会来的，唯一可能来的人是罗拉。早饭时，罗拉说巴罗蒂娅奶奶最近身体不好她想尽可能留在家里多给奶奶一些照顾。可是少校刚刚坐在台阶上罗拉就来了，她进院一看到哼着小曲的少校就把胸脯挺了起来。罗拉的胸很大，大得有点夸张，还不是一点点的夸张，仿佛只要她愿意整个人都可以躲在那对乳房后面。此时，明亮的阳光正通过盆里的水反射到少校的脸上，少校本能地用手挡了一下，却不知道这一挡给正在走来的罗拉带去了巨大的喜悦，让罗拉觉得不论是自己突然换了一身艳丽的裙子，还是她自己本身，都是她的美在少校那里产生了阳光一样的效果，她，就是那束耀眼的光。

看来塞丽纳昨晚又来了，大人，你伸长鼻子闻一闻，这院子里到处飘荡着一股薰衣草的味道。

是的，罗拉，我现在已经习惯了，如果有一晚上她不来，我就无法睡觉。

大人你总喜欢把话反着说，应该是只要她来了，你就无法睡觉吧。

罗拉来到少校跟前，指摘少校多事，他的好心恰恰给她带来的是麻烦，因为这些事都是她的本职，这要让叽叽嘎嘎看到了一定会说她失职，至少会指责她没有把床单被罩洗干净。

少校只好解释说自己实在是闲着没事。

那你也不能没事找事啊。

要洗的东西已经泡在水里了。罗拉蹲下捋起袖子就洗，两只肥硕的乳房完全从领口处暴露出来,它们欢快着,对扭着,让那条已经变成曲线的乳沟变幻出了不同的形状。她问少校,对塞丽纳什么感觉,够妖吧,尤其是那小腰,你搂了吗?是不是你的胳膊往上一搂,就感觉像被磁铁吸住一样。

少校说,是呢,那感觉简直太好了,真让人不能自已。

后来,罗拉问少校,叽叽嘎是不是把胡力图的事对他讲了。

少校说,讲了一些,不过叽叽嘎建议我到学校给孩子们讲讲克鲁姆将军的事,可是这件事本来就发生在这里,这里的人比我更清楚才对。

你是说巴罗蒂娅和克鲁姆将军当年的事吧!那可未必,罗拉说,一件事只要由两人去讲,就是两个模样,兴许叽叽嘎是想知道当年的那件事在其他地方是什么样子的。

能是什么样子呢?课本上的内容是铁板钉钉的,电影和电视剧也脱不出课本上那个模版,我反倒觉得最有发言权的是巴罗蒂娅奶奶,克鲁姆将军曾经昏迷过,可她从见到将军第一眼就一直陪伴在身边,她最有发言权。

是啊,是啊。

那你就给我讲讲吧。

可惜啊,在我嫁进胡力图家时,奶奶就不再讲这件事了！当然我相信她一定把故事讲给别人听过，那个人最有可能是莎曼，不过我可以告诉你的是，那件事绝不会像课本上写得那么简单。

这我相信，罗拉，人们总是喜欢把事件简单化处理后再呈现给别人，这样便于传播，也能够产生爱憎分明的效果。

就说最关键的一点，电影里冻僵的将军是被奶奶用雪搓回来的，但我知道，实际上奶奶是用自己的身体把克鲁姆将军暖回来的，知道吗，不是隔着衣服，而是身贴身、肉贴肉，我不知道电影里为什么动不动就用雪救人，但巴力人不会那样的，巴力人从来都是用身体。

少校记得反映克鲁姆将军英勇抗敌的电影里，巴力女人用雪把将军从僵死的状态搓醒只是一闪而过，影片更多的镜头是克鲁姆将军嚼草根，吃积雪，重新找到队伍在巴力人神鹰骑士的配合下夜袭敌营，把敌人杀得片甲不留的场面，巴罗蒂娅的丈夫纳布托还亲自取下了敌人的首级，不想就那么一闪而过还是被罗拉她们看到了。罗拉看到少校发怔的表情，就进一步强调，那可是身贴身肉贴肉、赤身裸体。罗拉说，其实奶奶是可以套上一件薄衣的。罗拉伸手很想将一团洗衣粉沫涂到少校脸上，可是她没有那么做。

大人，你说是为什么？

少校知道罗拉是在暗示，对于这个女人，他说不上讨厌，也谈不上喜欢，如果单从男女之间那点身体需要的角度讲，罗拉确实是充满魅力的，身处异乡的他，当然知道把头埋在一对乳房里是什么感觉，但他不能有这种奢望。

于是少校说，克鲁姆将军的故事不知道激发了多少帝国青年的英雄情结，我当年参军就是受他的影响。

可那是假的，罗拉说，因为奶奶说是假的。奶奶说，影片中那个巴力女人只不过正好叫巴罗蒂娅罢了，其实根本不是她自己。说到这里，这次罗拉真捧起一捧泡沫抹到了少校脸上。

成堆的泡沫开始精灵般爆裂，继而化成水，它们凉凉地在少校脸上流下。罗拉看着它们，为自己的杰作惬意而笑。她继续说，据我所知，当时的真实情况是，奶奶是把克鲁姆将军背回毡房的，而不是拖，奶奶必须先将克鲁姆将军的衣服脱掉，可是根本脱不下来，因为已经僵硬了，奶奶只好用剪子和刀将将军的衣服一点点剪开。当时将军的体温太低了，非常危险，在这种情况下，她就没顾那么多，自己脱掉衣服钻进被窝就把冰块一样的将军搂在怀里。没过多久，外面响起嘈杂的马蹄声。是敌人，他们冲进毡房，看到一个睡觉中的巴力女人。奶奶当时很害怕，但必须镇静。她心想大不了让他们赶走外面的羊群,可那些人不是冲羊群来的,他们问奶奶是否看到过一个陌生男人。奶奶说这里唯一的男人去参加朋友的婚礼还没有回来,不过他应该在回来的路上了。外面风雪很大,奶奶知道将军的脚印早已没了踪影。那些人拿着火把在毡房里乱晃,奶奶的心都跳到嗓子眼了,不过只要被子不被掀开,她和怀里的这个男人就能逃过这场劫难。奶奶说,当时毡房里的炉火已不旺,黑暗也帮她掩藏了恐惧。一个敌人将火把杵到奶奶面前,差点儿点着了她的头发,但奶奶始终做到了神情坚定,她甚至还从容地从被窝里抽出一条胳膊,说如果你们愿意就把外面的羊群赶走吧。然后奶奶听到一个男人哈哈哈的笑声。那个男人突然亲切地叫她大姐,奶奶定定神也认出了他,这家伙在战争没有挑起前曾经路过这里,还得到过巴罗蒂娅和丈夫的热情款待。一切都是机缘巧合,也算克鲁姆将军命好,竟然在那种情况下让奶奶遇上了熟人。一声撤退后,敌人走了,奶奶发现自己身上的冷汗已经打湿了被子,她赶紧更加用力地搂住将军,希望将军能尽快醒来,也盼着丈夫纳布托能赶快回来。罗拉指指对面的寨子说,将军后来被转移到这里,只不过那时寨子还没建成,各家各户都零散地住在毡房里。当然这些都不是重点,大人,这件事的重点在于克鲁姆将军是巴罗蒂娅用身体救回来的，而不是雪。还有就是，当一个女人赤身裸体和丈夫以外的男人待在一起的事在牧区传开了，你猜这意味着什么呢？

可是这些事怎么会传出来呢，除非是当事人自己说。

是啊，如果巴罗蒂娅不说，克鲁姆将军不说，再加上巴罗蒂娅的丈夫，哦，我该叫爷爷的，纳布托也不说，就算他第二天赶回毡房发现那些被剪碎的衣物，不去推断，不去质问，没有在巴罗蒂娅奶奶身上闻到克鲁姆将军的味道，一切像没发生一样就过去了。可是大人，在牧区生活久了，这里人的鼻子比狼还灵，纳布托只是吃饭时坐在巴罗蒂娅旁边吸一吸鼻子，就全然明白了，再说，一对夫妻一起生活多年，大概对方少一根头发或抬一下眼皮的变化都会发现，当然这是我的推断，我猜一定是奶奶向爷爷坦诚了什么，结果她越描越黑，最后解释不过去了。爷爷知道了一切，虽然没有责骂奶奶，但他控制不了自己脑袋里的联想，后来他去放牧就不让奶奶跟着了，这件事也就慢慢传开了，传遍了整个牧区，版本也越来越多。当然也有一种说法是克鲁姆将军说出去的，克鲁姆将军回到部队跟身边人讲了这一切，他之所以讲出来是因为只有那样才能更好地体现出巴罗蒂娅的伟大，谁知道呢，总之自那以后，爷爷和奶奶的关系就变僵了，后来事情被传得越来越玄,说爷爷根本不在乎自己的女人用身体暖回了一个陌生男人,而是因为将军走后奶奶表现出来的空虚,她的心被将军带走了,自然也带走了奶奶的快乐与激情。没有激情的女人怎么会让男人再碰自己呢!而根本的原因就是在将军养伤期间,奶奶日日守候在身边,奶奶对将军产生了爱,或者说在她将那个男人赤条条搂在怀里时就已经爱上了他。

巴罗蒂娅奶奶呢,她认同纳布托爷爷的说法吗?

认,她什么都认,凡是爷爷说的她都认,哪怕他说奶奶和将军做了爱她也认,只要爷爷能带她一起去放牧,她喜欢那些羊群和野草,大人。

这些细节我们怎么一点都不知道。

罗拉拎起床单往铁丝上搭。你们当然不知道,如果知道了,奶奶还能成为伟大母亲吗?那个英雄形象还能成立吗……罗拉打了个哈哈,说不定奶奶还会被抓起来,因为她竟敢勾引将军,竟然坏了将军的名声……我是说,兴许纳布托爷爷发现了他们更为隐秘的事情。大人,就像胡力图,他发现了一些极为不光彩的事。在这个世界上哪有什么理可讲,你原以为做不光彩事的人有罪吧,其实更多的时候我们却是去怪罪那个发现不光彩之事的人。所以啊,我们俩要是有什么不光彩之事啊，趁早就做得隐蔽一些。

我们会有什么不光彩之事？少校笑着问。

这很难说啊，譬如，就在现在，你突然间就想女人了，想得不行行了，而我也正好想男人了，想得不行行了。现在我又正好在你这里，场部大门是锁着的，我们神不知鬼不觉，你觉得没有这个可能吗？

你可真敢开玩笑，罗拉。还是说说巴罗蒂娅奶奶吧！你还没讲完呢！

巴罗蒂娅奶奶最大的优点就是从不争辩，因为她已经吃够了越描越黑的亏。后来奶奶有一次说起此事，尽管草草几句，我却觉得很有道理。她说，当时她只是想救一条生命，至于那个被救的人是不是将军，后来还变成了国王的父亲，她根本不会去想。奶奶看重的是一条生命。在这荒凉之地，哪怕就是一只羊羔，一簇草，一只狼，她也会去救。奶奶的故事被写进课本后，州长还专程来过一趟，送来了一个纪念奖杯和荣誉证书，但这两样东西我直到今天都没见到，奶奶从不给我们讲这些事，她不让孩子们因此有了炫耀的资本，尤其是在得知将军的儿子登上王位之后，就更不准再提此事了。

床单搭好了。罗拉转身回来，用手理着耳边的头发。少校突然就问罗拉对以后的日子有什么想法，罗拉便把头低下了，眼睛盯着盆里自己的两只手不说话。

难道一点想法都没有吗？

有啊……前提是要看大人是不是真心。罗拉说得很慢，很软，言语中全是羞涩。

我当然会真心……

可我一点都感觉不到。大人，我今天就跟你直说了吧，其实在这哈斯卡尔乌斯图耶芙娜，只有我你可以相信，我罗拉可能没什么本事，但我可以保证做到对大人你真心实意。我刚才不是说了嘛，只要我们做得神不知鬼不觉。叽叽嘎说得没错，大人，我真的很久没有笑过了，可是你来，我就笑了。我之前也穿那身丧服很久了，可是你来了，我就怎么也没办法再穿它了。我不知道为什么，似乎有种力量一直在背后操纵着我。

少校似乎已经听出点什么，便直接问罗拉，你爱胡力图吗？

爱，很爱，非常爱。当然也可以说恨，非常恨。兴许恰恰是因为胡力图，我才这样的。你是军人，大人，胡力图曾经也是军人，我就莫名地觉得和你很亲近……罗拉几次强忍，最终还是哭了，你可能还无法体会一个孤单女人的不容易。其实你也一样,大人,当深夜来临,我在床上想到一个人在场部大院的你,不是和我一样吗?孤单,不,孤独,我们一心善待世界,可是世界却不一定会善待我们。我不知道我做错了什么,整个哈斯卡尔乌斯图耶芙娜都与我为敌。而你,大人,不管你带着什么任务来到这里,你一定想用心拥抱哈斯卡尔乌斯图耶芙娜的,可是哈斯卡尔乌斯图耶芙娜拥抱你了吗?大人,其实我们是一对可怜人,这个你懂吗?

我懂,罗拉。

你却不信任我,你觉得我和他们一样。

罗拉……少校赶紧提醒她(少校此时脑子里是帕特维希头人),你知道的,这里没有秘密。

但对你来说,这里全是秘密。罗拉不管不顾了,反正他们知道我迟早会跟你说的。

你是为了胡力图?

也为我。罗拉哭泣着,我想活得像个人。

没有人不把你当人,罗拉。

没有吗?包括你。

少校从罗拉的眼泪里读出很多酸涩,可他怎么敢相信罗拉就不是一个圈套呢?

胡力图真的是英雄。大人,他很勇敢,这倒不是因为他几天几夜就算自己丢一条腿也要杀了那只狼,而是在写检举材料这件事上,你一定听别人说他目光短浅只为一己私利。可胡力图有胡力图的想法,他比别人想得更深,看得更远。他只是不想看着哈斯卡尔乌斯图耶芙娜继续滑下去。

他这话是什么意思,是不是因为之前的那次暴乱?

暴乱?哪次暴乱?暴乱有什么可怕,况且那次暴乱无非是被别有用心的人利用。胡力图说的是更为可怕的事情,接着罗拉一五一十讲胡力图的事。

正如叽叽嘎所言,胡力图从部队退役回来后,便加入联防队,还担任了其中一队的队长。一开始他们骑马巡逻,后来变成徒步巡逻,胡力图为此疑惑,但并没有多想,毕竟联防队不是正规军,没有编制,从戍边的角度讲,只不过是一个补充力量,但是他要求每一个联防队员都要兢兢业业恪尽职守,因为队员们全是本地人,甚至比驻守的正规军更爱这片土地。胡力图队负责的范围有一百五十公里长,他们不分春夏秋冬,戴着头盔,穿着迷彩服,穿着高筒靴,排着整齐的队伍在荒野上沿着寒光四射的铁丝网巡逻,与他们相伴的是沿线上每隔一段距离就有的电线杆,以及上面装有的高清摄像头。罗拉说,可是你知道他们随身配备的武器是什么吗?是木棍,可笑的是还人手一根,老远看去他们就像一支盲人队。他们沿着铁丝网巡逻，实际上就是察看沿途的铁丝网是否有破损。有一次我还问胡力图，他们到底是在守边护疆，还是在照看那些铁丝网。胡力图说，不都一样嘛！胡力图很喜欢那些铁丝网，因为那些铁丝网不仅带给了他工资，还带给他雪鸡和野兔，尤其是冬天，巡逻工作单调、无聊，胡力图却觉得挺好的，生活嘛，本来就是这样，哪里有那么多的欢歌笑语等着你。可是在他发现了那个秘密后，一切都变了，镇里不仅处罚了他，还把他送进了魔鬼城堡。你知道那个魔鬼城堡是干什么的吗？

我不知道，罗拉，我只是关心胡力图是不是违反了规定？

可他发现秘密在先。胡力图违反规定，只是不该私自藏酒，当然他也不该聚众喝酒，还带头旷工。那时胡力图和塞丽纳已经搞到一块儿了。巡逻的路上，队员们逼他说一些和塞丽纳的隐秘之事，你知道的，男人们在一起时的话题永远是女人。胡力图不讲是不讲，一讲就有鼻子有眼的，最后就惹出祸害了。具体几月份我忘了，反正是个冬天，大雪天，他们要在天黑前赶到宿营地，途中还在铁丝网里捡到一只冻死的野兔。他们的宿营地在一处河谷里，所谓的宿营地，其实就是一间彩钢板房，里面摆了几张床，一个临时灶台用来煮开水泡方便面，就再没其他了。队员们到达宿营地，第一件事就是把那只兔子架到火上烤了吃。那帮人嘴里嚼着兔肉，口中念叨的却是塞丽纳，有的说自己吃的是塞丽纳的大腿，有的说吃的是塞丽纳的胸，有的说吃的是塞丽纳的屁股，总之他们每咬一口都是塞丽纳身体上的一个部分。他们实在太无聊了，一只野兔十个人分，到嘴也就一口，他们嚼着兔肉，非让胡力图描述塞丽纳的身体，胡力图懒得理他们，他们又不是毛头小伙子，女人的身体还不都一样吗？他们硬说不一样，就说胸吧，有大有小，有挺有塌；屁股呢，圆的、方的、三角的，外放的，内收的，各式各样；还有女人的手、脚，那区别大了，兄弟在一起，胡力图又是性情中人，不想扫大家的兴，胡力图就讲开了，他说塞丽纳的屁股圆圆翘翘的像婴儿的脸，塞丽纳肚皮上有颗迷人的黑痣，塞丽纳下面的东西和嘴一样灵巧，样子嘛，不像桃，不像马蹄莲，有点像蝴蝶。我不知道他是不是在胡说八道，那帮人就逼他讲桃、马蹄莲和蝴蝶的区别，大家都在兴头上，几个人端着搪瓷缸，用雪化的水以茶代酒划拳，吵得胡力图烦死了，我不知道胡力图出于什么心理，就让几个人把他抬起来，胡力图用肩顶开屋顶顶板从夹层中取出了两瓶酒。接下来的场面就可想而知了。他们把胡力图放到床上，像对神一样崇拜他。胡力图当然知道这是违反规定的,他将酒偷偷带去宿营地本身就违反了规定。可是我能理解他,因为万一遇到雪天他的那条假腿就会疼,喝点酒对他有好处,但他不该让队员们知道这事,胡力图还把酒瓶扔给队员,说喝吧,出什么事由他担着,只要不逼他再讲塞丽纳就行。两瓶酒就在兄弟们迟疑了一下的手中打开了。

这就是噩运的开始。

是啊,可胡力图说那是他的幸运。他说那天晚上,雪下得很大,不是一般大,是非常大,喝过酒的队员钻进被窝此起彼伏地打起了鼾,胡力图却无法入眠,他在问自己联防队日复一日、月复一月、年复一年沿铁丝网巡逻的意义在哪里?因为自从进入联防队,不要说来犯的敌人,就是敌人的声音他们都没有听到一声,用队员们的话讲,似乎守卫边境只是帝国单方面的事,难道对面国家不用守卫吗?可是对面国家的联防队在哪里?他们多么希望能见到对方的联防队,两个联防队隔着铁丝网一起巡逻,交换食物,或聊女人,毕竟国是国,民是民嘛,等真的战事来临,彼此再抬高枪口对着对方的脑袋开枪也不迟。奇怪的是,他们一直没有见到过对方的联防队。胡力图突然就想,可能对面国家太穷了,养不起边境联防队。那么问题来了,既然帝国如此富强,那还担心什么呢？胡力图的问题是，附近就驻扎着正规军，却让他们这些联防队搞什么日常巡逻？一切的一切，意义的根本不就是每个联防队员头上每月一千五百索耳的工资嘛！

胡力图真这么想了？这可真是一种奇怪的想法。

谁说不是呢，大人，现在你还认为胡力图是个不动脑筋的粗鲁之人吗？胡力图聪明着呢！他很心细，要知道他爷爷纳布托就是一个聪明人，他有聪明的基因。纳布托的聪明你该听说过吧，就那次，他被对面国家的极端分子抓去，说他当年和巴罗蒂娅奶奶隐藏克鲁姆将军罪当该死。他们在边境上设起营帐，搭起高台，还专门组建了一个行刑队。

不好意思，罗拉，这些事情我还真没听说过。

哦！当时哈斯卡尔乌斯图耶芙娜的人几乎都去了，我们亲眼看着全副武装的行刑队将纳布托爷爷推上高台，其实他们哪里是什么行刑队！他们就是一群穿了军装的年轻人，纳布托被五花大绑着，胶带封了嘴。行刑队逼迫他做出选择，纳布托面朝哪个方向并屈膝跪下就代表他的立场，条件只有一个，只有选择北方他才能活命。那帮家伙当然知道纳布托爷爷只不过是一个牧民，可是事情发生在边境上意义就不一样了。那时边境线还没有拉起铁丝网，我们在头人的带领下集聚在界碑处，对方那样做很可能就是希望人们情绪失控，等局面不可收拾时,好给他们下一步行动提供理由。

当时的情况是,稍一冲动,就有可能失控。

那可不,当时胡力图的父亲也在,好在站在前面的巴罗蒂娅奶奶和头人都意识到对方是在挑衅。他们命令所有人没有命令不可轻举妄动,但同时他们又担心纳布托爷爷是个软骨头,如果他真的选择北方,就会成为帝国的笑柄。对方国家一定会就此大做文章。"如果那样,你就开枪打死他。"巴罗蒂娅奶奶偷偷命令站在旁边的儿子。纳布托被推上高台,在人们的目光中,他先将身体转向北,但他只是稍做停留,并没有跪下,在人们还没有来得及嘘叫时便一百八十度转向南方,那是帝国京都的方向。一个行刑队队员为此用马鞭抽了他,纳布托爷爷身体一个摇晃就跪倒了,那么顺畅,就像他是被对方用鞭子抽倒的一样。行刑队很快把他拖起来,抽他耳光,逼他重新选择,纳布托爷爷重新又跪向了南方,这次他还将额头、脸、鼻子、嘴唇尽可能地贴近地面。这时,包括巴罗蒂娅奶奶在内的人们就开始抹泪了。因为纳布托做好了赴死的准备。后来人们发现,纳布托的头就再也不低了,他站了起来,无论行刑队怎么折磨他,他都把头高高仰起,那时天上没有鹰,但他一定看到一只鹰在空中盘旋。故事的结尾很简单,纳布托爷爷被对方摁倒在地枪杀了。事后对方国家只说那是一群孩子所为，他们不希望破坏两国关系挑起战争，事情就这样不了了之了。这些你都不知道吗？你是军人，军队的内参没有通报？

大概有吧，罗拉，可是我只是一名少校。

可我听说，关于那件事有一些内部资料的，起码我就参加过头人组织的学习，那时我还小，听不大明白，只记得头人说纳布托是民族英雄，他的爱国精神值得每个人学习，可我嫁给胡力图后，巴罗蒂娅奶奶却不这样说，她说纳布托就是一个普通牧民，当年他在高台上朝南而跪，是因为哈斯卡尔乌斯图耶芙娜在南边。你看，那么一个小动作就被放大了，但我们知道纳布托做了明智之举，他保证了自己的行为无论你怎么解释都不会是错。

但你能说纳布托爷爷不是英雄吗？就为他的临危不惧。看来胡力图想当英雄是有遗传基因可寻啊！

英雄？胡力图才不稀罕，胡力图从来不想当英雄。胡力图只想做一个普通人，一个悠然自得的小牧民。等有机会你见到他，你就会发现其实他是一个非常单纯善良的人，他宁愿和牛、羊、马打交道也不想和人交往。罗拉接着说，胡力图就是在那天晚上开始想到那个问题的，他盯着窗外，微光中幽幽的飞雪把他的心打湿了。第二天早晨，他在眼睛刚刚闭上时又被队员们吵醒，那些队员坐在床上，所有人像傻子一样看着窗外，窗外是皑皑的白雪，除了雪，还是雪，如果用心去寻找，那便是鸦雀无声的死寂在疯狂地吼叫，那样的场景你能想象吗？可是他们年年如此，早已习以为常，胡力图说，一个兄弟突然披着棉被跳下床跑出去了，去雪地里捡回来前一夜刚扔出去的两个酒瓶，他把酒瓶倒立在嘴里，又将舌头伸进瓶口，可是不论他多有耐心，空瓶子依然是个空瓶子，不会给他流出一滴酒。大人，你可能会建议他们索性出门去吧，到大自然里去，可是他们去干啥？挖雪洞？雪地里打滚？还是在雪地上用尿作画，这些他们不是没有干过，只是次数太多就没兴致了。拿酒瓶的队员不死心，当然也是无聊，他到火炉边将茶缸里的冰煮成热水，又灌进酒瓶里，然后让鼻子对准瓶口吸里面的那点酒气，不过他还没闻几下，旁边的兄弟就过来一把抢去了，然后是另一个兄弟，空酒瓶就这样在他们手中被抢来抢去，直到有一个人发现其中一个瓶口上糊了一层恶心的鼻涕，才将那个酒瓶二次扔到窗外，接着有人又以最快的速度把它们捡回来，因为他们知道如果两个空酒瓶出现在宿营地附近意味着什么。胡力图躺在被子里看着他们，突然发现大家都好傻！自己也是。于是他下令不去执勤了，就在宿营地里安心地发上一天呆。兄弟们并不知道这是为什么,他们原以为是因为胡力图的假肢出了问题,其实胡力图只是想验证一下自己的推断。后面的事情你就知道了。

我知道什么?我什么都不知道,罗拉。

他们不可能不和你说,大人,联防队没有出勤,这可是破天荒的大事,而且还是因为整队人马饮酒。胡力图相信兄弟们不会举报,但场部对当时的情况却知道得一清二楚。托托卡,包括帕特维希,他们要求胡力图做检讨,书面检查不少于三千字,还要他交代动机。胡力图当然没有动机,胡力图只想知道场部是怎么知道的。托托卡不说,可托托卡越不说,胡力图就越觉得这里面有问题。于是他把刀架到托托卡的脖子上,托托卡觉得胡力图奈何不了他,就说胡力图无权知道。胡力图就逼问托托卡谁有权知道,头人吗?托托卡说自己也不知道,但他拿出了证据,一沓子清晰的照片,上面标有拍摄地点和时间,还有宿营地的窗户被推开一个瓶状物飞出以及联防队员捡酒瓶的视频。胡力图这就明白了,他把头盔和袖章摘下来,甩到了托托卡面前。

胡力图觉得自己发现了一个重大秘密,但那真的是个秘密吗?

我不知道,大人,实际上他自始至终没有跟我说。只是自那以后胡力图就总是说"无意义""浪费""欺骗"之类的怪话，我不懂他什么意思，有时想帮他，可他不让我参与，写好的东西也不让我看，还威胁我说我要胆敢偷看就杀了我，其实他忘了通用语我认识不了几个字。

"无意义""浪费""欺骗"，他是说巡逻无意义、浪费、欺骗吗？

我不知道，他也从不解释，后来他又加了一个"造假"，说大家都在造假，在合伙欺骗。

后来呢？

后来胡力图就成天骑马到处乱逛了，脾气越来越暴躁，还酗酒，但我能理解他。大人，他太难了，他是一个人在和整个世界作战。

不至于吧？有那么夸张？

洗完被罩后，罗拉和少校一起拧干抬着搭到铁丝上。少校始终没有跟罗拉提哈喇子味的事（少校总是想到前任口嚼被角嘴角流着哈喇子的画面），只说自己是闲来无事想找点事做。罗拉说这倒是个办法，但不该用这种方式，因为哈斯卡尔乌斯图耶芙娜太缺水了。少校这才觉得不好意思。罗拉并没怪他，只是随口问了少校一句，她刚才说的那番话少校相信吗？少校反问罗拉为什么要告诉他这些。罗拉直截了当说她希望少校能帮一帮胡力图,只要胡力图能回来,他们家这顶困难户的帽子自然也就摘了。

被罩一点一点搁到铁丝上,底边的水落到地上被碎石快速吸收瞬间就不见了。少校和罗拉一起用力,将被罩对齐抻展后,罗拉来到少校旁边,轻轻拎起被罩一角让少校闻,问少校什么味。少校说,湿淋淋的清爽之味。

罗拉就嗤嗤地笑,话还没说脸就红了,她看似无意地把自己的手背贴到少校胳膊上。我也喜欢这种湿淋淋的味道。可是,大人,在这哈斯卡尔乌斯图耶芙娜你可能只有在女人身上才能闻到这种味道。说着,罗拉将被罩一角扔到少校脸上,然后用成熟女人那种特有的大方和暧昧低声对少校说,大人,我今天跟你说的所有的话都不是开玩笑,包括"你突然间就想女人了,想得不行行了,而我也正好想男人了,想得不行行了"那句。我们处境一样,大人,目标也一样。罗拉红着脸看一眼少校。大人你懂我的意思,哪怕只是为了能睡个安稳觉,你也需要考虑考虑这事。

罗拉走开了,把整个场部大院留出来供少校思考。

少校倒掉盆里的水,心里七上八下,因为他搞不清罗拉是在试探他,还是真心表达什么,但最起码他明白了一点,原来罗拉可以让他入睡的催眠术根本不是什么巫术。

9

　　事情似乎越来越明朗了。如果罗拉所言属实,那么胡力图发现的秘密无非是帝国无处不在的监控,可那是为了预防犯罪、保障公民安全而建立的,只不过延伸到了边境罢了。少校想,难道是国王在某一天突然心血来潮伸手点了鼠标,在屏幕上发现了哈斯卡尔乌斯图耶芙娜的什么情况?这个可是极有可能的,因为国王想到了父亲克鲁姆将军的嘱托,他有可能突发奇想通过卫星看一看那个边陲小镇的模样,结果正好就看到了宿营地往外扔酒瓶的画面?可是这也太不可能了,纵然有千万分之一的概率被国王看到,对于一个国土面积达七百五十万平方公里的大国的国君来说,那也只是一件针尖大的事,根本不值一提,问题是,毕竟这里是哈斯卡尔乌斯图耶芙娜啊,智慧又具有战略思维的国王会不会由小见大,再用历史的眼光和全局的视角加以分析呢?如果真是那样,那么派一个少校(作为一个局外人)秘密来实地看一看,了解一下实情,也就不足为奇了。

　　晚上,少校把白天和罗拉的聊天内容写进日记,有几处不好确定的地方他还打了问号。收起日记本后，少校便开始琢磨胡力图说的"无意义""浪费""欺骗"是什么意思。这时一只软绵绵的手便轻轻地搭到少校肩上。少校本能地反手去抓，擒拿格斗是少校的本行，可是夜已深，对方的动作又那么轻，少校首先想到的便是罗拉，罗拉来了，她要把令她面色泛红的想法变成行动，少校并没有真正采取行动，就在他犹豫之际，对方将另一只手也落上来了。是塞丽纳。她在少校背后嗲嗲地笑，同时用散开的长发将少校像拥抱般地包裹。少校心绪复杂，这个女人是第二次出现了，先不说她那玲珑的鼻子、小巧的双唇、光滑的下巴，单就她那白嫩剔透的脚，和她那深幽而奔放的性格对男人来说就是一种吸引。但在此时，这一切少校都必须将之视为敌人，因为塞丽纳的美丽，塞丽纳的柔情，终将是用来打败他，甚至是置他于死地的武器。尽管这才是第二次，但那种无处可逃的感觉，已经让少校觉得自己就像被困在聚光灯下的一只困兽，无论自己将脚迈向哪个方向，等待他的都将是一个死亡的万丈深渊。

少校只能以不变应万变，他想着对方有可能捂他的眼，有可能伏下身将胸脯压到他背上，或者调皮地坐到他的腿上。可少校感觉到的是对方将手移开了，接着卫生间门被打开，哦，真是塞丽纳，她风尘仆仆一路赶来，她总得去洗把脸，还需要借用一下便池，卫生间的门就那样开着，面池的水被她哗哗地捧起扑到脸上，又咕咚咕咚冲进她的胃里，她恣意地坐在便池上小便，有力的咕咕声丝毫不带一点少女的羞涩。她跟少校说，贝金斯你不唱歌简直太遗憾了。少校却在想她腿间是不是会突然飞出一只蝴蝶，少校已经无法用一双正常的眼睛看面前这个姑娘了。少校坐在椅子上没有转身，他只是稍稍转头，问塞丽纳是否是她喜欢唱歌。塞丽纳说，所有苦闷、孤独、痛苦的人都应该唱歌，因为歌声能将苦闷、孤独、痛苦带走。你放松点儿，贝金斯，你把自己箍得太紧了，其实哈斯卡尔乌斯图耶芙娜这地方除了荒凉什么都没有。所有剩下的一切都是你的想象。贝金斯，如果你再不打开你的心扉，再听不到你的内心，你迟早会害死你自己。

塞丽纳，我可以正式地问你一个问题吗？

当然，亲爱的。

你是怎么进来的？

你的门一直开着，难道不是为我而开吗？塞丽纳从卫生间出来，满脸的水珠。只不过你是个胆小鬼罢了。可悲的是，你的内心所想还没传到你嘴上就被我先听到了。

这不可能。

你别忘了，我是谁的女儿。我父亲用耳朵听，没得选择，听到的全是杂音。可我是在用心，贝金斯，我听得比他更加真切，你想想，如果我不是听到你的心，你那一声声低沉而富有磁性的呼喊，我干吗要跑来浪费时间。行了，贝金斯，别装了，我知道你想从我这里打听一些事情，那你得让我留下啊！我们躺在一起，慢慢聊，至于你那些破纪律嘛，你细细掂量一下，你是要纪律，还是要我。至于我父亲那里，你懂的，世上没有哪个姑娘会让自己喜欢的男人吃亏。我才是你的正途，贝金斯，我跟你说过，我才是你来哈斯卡尔乌斯图耶芙娜唯一的收获，如果你连这一点都不明白，那我可以说你到目前所有的人生就都白过了。

你到底怎么进来的，塞丽纳？我知道场部大门一直锁着。

这个不是重点，贝金斯，重点是你开始关注胡力图的事情了。塞丽纳走近少校，像要伸手拉少校，结果自己一个转身坐到沙发上，她用手拍着身边的空地叫少校过去。来吧，少校，我走那么远的路实在太累了，借我一个肩膀用用。罗拉不是说，只有女人才有湿淋淋的味道嘛，我想我应该比她更加湿淋淋才对，过来，胆小鬼！

我不是胆小，塞丽纳，是我不能突破底线。

塞丽纳笑了，说这世上一对男女单独相处能有什么底线？不就是两具身体的合二为一嘛！别以为我不懂，我们本来就是一体的，是上帝将我们一分为二，我们好不容易才找到彼此。贝金斯，我们找到了各自的本来，其他的那些东西还管他们干吗，你懂吗？包括罗拉，那个贱货，口口声声说爱胡力图，可是她又熬不过身体的需要，她已经在勾引你了是吧？你最好离她远点，第二任派驻干部，就那个不像个男人的演员，就和罗拉搞在一起了，结果落了个什么下场！你真以为他是失足摔下桥的？那天中午他可是刚从罗拉家出来的……算了，人家都死了，咱们不说这个了，可是你要知道，那家伙动的可是胡力图的女人，他要有好结果才怪。

可是，我听说你、胡力图和那位派驻干部之间关系很好。

你是听谁说的？一定是罗拉，反正在她眼里全天下的男人都和我好。真是吃不到葡萄说葡萄酸。还有，她一定说自己很爱胡力图吧，其实她一点都不爱。

少校用狐疑的眼神看塞丽纳。

准确说，是罗拉根本不知道爱是什么。从小到大，她只陶醉在自己那点肤浅的漂亮中，总以为有男人围着她转就是爱。其实那只是欲望，身体的欲望。罗拉很容易被花言巧语欺骗，贝金斯，你没有发现嘛，语言本来是用来表达内心的，可是很多人却用它来掩饰内心。所以我从不相信那些挂在嘴边的话，现在我和你说话是在和你的心对话，贝金斯，我才不管你嘴上怎么说，但你的心不会说谎，你的心告诉我，你所有的不动声色只是骗人的假象。我们就说罗拉，她正在勾引你，想和你上床，但你并不会接受她，我是说，即使你和她上了床，她在你这里无非也就是一堆腻人的肥肉，这就是你要说的话，可是她就是听不懂，她就是那么无知地认为只要你和她上了床，你就一定会帮她解决胡力图的事，是这样吧？！

塞丽纳，你可以给我讲讲胡力图的事吗？我想听听你怎么看。

凭什么？塞丽纳撒起娇来，除非你答应我留下来，让我躺在你怀里，那样我会告诉你哈斯卡尔乌斯图耶芙娜的所有事情。

你知道的，我们派驻干部不能那样，这是纪律。

去他妈的纪律！塞丽纳生起气来，要说纪律、底线，别以为我没有，要知道我可是头人的女儿，来你这里我得冒多大风险，我父亲要知道我来过你这里，一定会杀了我。

叽叽嘎说帕特维希头人，哦，是你父亲有两只顺风耳，你来这里一定瞒不过他。少校笑笑。

是啊，我父亲的耳朵特大特灵，什么都能听得见，包括他的女儿如何在男人怀里撒娇。塞丽纳看着少校，这是真的，所以我父亲很痛苦，这些很多人都知道，可是他们有所不知的是，我父亲为了静心偶尔会戴上耳罩，但是他戴耳罩的时候只有我知道。譬如现在。

万一你判断错了呢？譬如他现在正在偷听我们。

塞丽纳仰仰头，把头发甩到脑后，我才不在乎，反正他拿我没办法，他一直在找我，在抓我，我们就像猫和老鼠，你知道汤姆猫有多笨的，他抓我就是为了让我像个头人，可我不在乎什么头人，他其实可以再找一个女人为他生个孩子，譬如罗拉，他喜欢罗拉，罗拉的那两只大奶都快把我父亲迷死了，我父亲每次闻到奶香时就会说是罗拉的味道，切……塞丽纳撇一下嘴，你们这些男人啊，一旦被女人迷惑，就骚香不分了。

塞丽纳借机将胳膊伸向走过来的少校，少校闻了，闻到的依然是一股淡淡的薰衣草的味道。少校坐到塞丽纳旁边。塞丽纳将鞋脱掉，露出迷人的双脚，她把双脚搁到少校腿上，身体后仰依在沙发扶手上。

少校说，塞丽纳，咱们可以坦诚地聊聊吗？

当然可以，贝金斯，说到坦诚，你能告诉我你来哈斯卡尔乌斯图耶芙娜的真正目的是什么吗？你一定会说抓经济。骗鬼去吧，贝金斯，但这并不妨碍我对你坦诚，贝金斯，不管你有什么目的，其实你只是这里一只可怜的困兽，而这个世界上能解救你的人只能是我。

为什么？

因为我喜欢你，贝金斯，就因为上次你拒绝了我。但请你不要把我当成一个疯疯癫癫、不知廉耻的蠢丫头好吗？我所做的一切都只是为了证明我对你的爱。为了你，我可以放弃一切，当然也包括我的生命，如果我的死可以让你明白这一点的话，我会那么干的。你不需要对我有戒备之心，贝金斯。我是帕特维希头人的女儿，但我更是我，除了你，我不想属于任何人。爱其实没有那么复杂，也不需要理由，我们相爱就应该水乳交融。我这么说吧，如果一对男女连身体都无法相融，那还怎么来证明他们灵魂相通呢？贝金斯，你骗不了我，你已经听懂我的话了，其实你的心比你的眼睛离我更近，只是你在控制自己，那些世俗的责任和使命让你变得不那么可爱了。你懂吗，只有真实，人才可爱，我希望我们都能活得可爱一点，做真正的自己，而不是那个被别人定义了的人。

你不真实吗，塞丽纳？

我在说你，贝金斯，你明明知道面前是一个对你倾心的姑娘，你却视她如猛虎野兽，你甚至不敢说出来哈斯卡尔乌斯图耶芙娜的目的。我不就是一个巴力姑娘嘛，就把你吓成这样，难道你就不能赌上一次吗，把你的眼睛闭上，只让自己的身体和眼前的女人说话，你可以试一试，然后看看会发生什么事情，是帕特维希头人带人来要你的命？还是会有人向军区或派驻干部管理局举报你？

事情不是这样的，塞丽纳，你太年轻了，当有一天你认识到自己其实并不只是自己时，你就不会说这样的话了。

你怎么和胡力图一个样，胡力图也曾说过类似的话，什么自己其实并不只属于自己。有什么呀，其实你们怎么折腾也只不过是大海里的一只虾，贝金斯，你懂吗，一只虾！

说着塞丽纳坐起身向少校爬过来。

不可以，塞丽纳，你明明知道不可以。

是我不可以，还是你不可以？塞丽纳光脚下地去关窗户。我告诉你，对面的寨墙上什么都没有，我关上窗只是为了让你放心，怕你心里有顾虑，我们甚至可以把灯关掉。塞丽纳摆弄着自己的裙子，依然是一条素白色的裙子，接着她开始抖动自己的头发，长长的，如一挂锦缎的长发，她又解开裙子的扣子，你可以来搜，贝金斯，除了一颗爱你的心，在我纯洁的身体里藏不下任何东西。少校不动，塞丽纳回到少校身边，样子有着老辣女人的成熟，又有着孩子般的天真。可惜少校一直在心里提醒自己，万万不可大意，毕竟这个姑娘是头人的女儿。她嘴上说没有就没有吗，说不定塞丽纳就是哈斯卡尔乌斯图耶芙娜监控系统最重要的操纵者。好在塞丽纳只是解开了裙子的扣子，并没有解掉文胸把自己脱到赤条条的一个光身。塞丽纳问少校，贝金斯你爱哈斯卡尔乌斯图耶芙娜吗？

爱。

那你就要爱这里的一草一木，爱这里的蓝天白云，爱这里的荒凉寂静，爱这里的男人女人，当然你也得爱我这个女妖塞丽。

我当然爱，塞丽纳。

可我体会不到，塞丽纳说，一个人只要心中有爱事情就会转变，他也会变得势不可挡，可是你，你能过得了门外那座桥吗？贝金斯，因为你没有爱，因为你心中只有害怕与恐惧，所以你必须得变得勇敢，必须得先从我这里开始突破，否则你将会永远一事无成。塞丽纳用脚踢着少校（却是在撒娇），你到底在害怕什么呢，我可以向你保证，我绝不会把你留在这里。如果你愿意，我可以跟你走，贝金斯，到哪里都可以，如果你想自由，不想让我成为累赘，那就把我扔在这里。而我，只要你接受我的爱。我再说一遍，贝金斯，我再不想轻飘飘地活着了，我要你给我重量。

我可以爱你，塞丽纳，只是那件事我不能做。

你这个胆小鬼，你觉得一对男女连床都不上会有爱吗？我对语言早已失去信任。我只相信心，可是心又在你身体里，我只有通过身体才能与它交流。

少校反驳了塞丽纳，说，事实上，多少纠纷正是从床上开始的，尤其是那些凶杀案。

塞丽纳呵呵笑，那你觉得我会杀你吗？还是你会杀我？

你到底爱我什么呢？塞丽纳。

我不知道。塞丽纳暗自垂下了头，低声说，其实在你问我这个问题时，我想到的是恨，我讨厌男人身上那种坚韧和执着，因为坚韧和执着会让我联想到雄性动物身上共有的那柄剑，它一旦认定目标，就会义无反顾，不论是遇到钢铁般的敌人，还是香蜜四溢的花筒，都会宁折不弯地一扎到底，那种东西令人生厌，也让人着迷。贝金斯，我知道你会说这是一种女性的病态，可是世界上哪个女人不病态呢？你难道不懂越恨越爱,越爱越恨的道理吗?我知道你身上有任务,为此我完全可以杀了你,可是我却爱上了你,贝金斯,人就是这么没有办法,仇好解,爱难寻,遇上了,就算自己倒霉。

少校说,既然这样你可以回来上班啊!如果你同意,我可以建议让你也住在这场部大院里。

那样我们就可以夜夜春宵了,对吧!塞丽纳没个正经,你太天真了,贝金斯,如果那样我必将会成为哈斯卡尔乌斯图耶芙娜的头人,我才不干呢。塞丽纳重新坐回到沙发上。

我们还是聊聊胡力图吧,我觉得你还是喜欢胡力图的。

那是因为他和你一样,坚韧、执着,所以我对他也是既恨又爱,但那不是爱情,贝金斯,那只不过是佩服。我先不管他实际做的事效果有多大,至少他的想法是崇高的。

崇高?

他在力图挽救哈斯卡尔乌斯图耶芙娜,挽救巴力人。

然后就不停地写一些检举材料?

是啊,塞丽纳说,如果你要看到那些材料,你也会爱上他的——"我以我的性命担保。""哈斯卡尔乌斯图耶芙娜再不能这样下去了。""我们巴力人必须反思,必须汲取教训。""整个哈斯卡尔乌斯图耶芙娜除了那栋水泥办公楼,其余的全是假的。知道吗？全部。"怎么样？够辣，够意思吧！

他真这样写？他到底想说什么，"再不能这样下去了""全是假的"是什么意思？

意思不是明摆着嘛，哈斯卡尔乌斯图耶芙娜在造假。胡力图从不让我看那些材料，我知道他是出于好心，不想让我卷入此事。你不是说我、胡力图和那个演员派驻干部关系好嘛，但背后的原因是胡力图想从我和派驻干部那里拿到证据，那时我刚上班时间不久，负责文秘工作，我又是镇长、头人的女儿，胡力图很可能觉得我单纯，以为我父亲、叽叽嘎和托托卡他们做的事情不会瞒我。可是当叽叽嘎有一天发现胡力图和我走近时，很多具体事就不让我插手了，很多文件他都自己动手起草，他的理由是——为了我好。

那么罗拉呢？那些材料她知情吗？

她要说不知情你信吗，胡力图是她男人，夜夜睡在她枕头边，就是梦话她也能听到一些吧。她是知道的，她还给胡力图下跪过，求胡力图不要多管闲事。胡力图为此打了她，骂她妇人之见，说他不能看着整个部族毁下去自己却无动于衷。不过胡力图并没有向罗拉说出那两个最最最最最最最关键的字。他只是列举了很多事实，暗指了那两个字。

哪两个字？

塞丽纳把脸贴在少校的胳膊上，像一个流浪的游魂终于找到了依靠。那两个字塞丽纳却始终没说，显然在少校没有接受她之前，她是不会说的，她说这是一个信任问题。

那好，少校就抱住塞丽纳说，我最终还是会知道那两个字的，因为我会去见胡力图。

塞丽纳一把推开少校，生气地说，那你去好了，最好现在就去，但我不信胡力图会理你，他一看你就知道你是个探子。

我是派驻干部，塞丽纳，我怎么会是探子呢，我只是觉得胡力图这件事很有意思。

你不用紧张，贝金斯，其实我才不关心你是谁。不过我可以告诉你，你去魔鬼城堡也不会有什么收获，因为胡力图只想要一个答案，他就想知道自己发现的那个秘密是不是真的。

什么秘密，塞丽纳，胡力图到底发现了什么秘密？

我不会说的，贝金斯，除非你答应我的要求。

既然胡力图是为哈斯卡尔乌斯图耶芙娜，那他为什么会成为大家的众矢之的呢？

你说呢？再说了，怎么能说是众矢之的呢！只不过大多数人选择了沉默，沉默意味着什么，你还不懂吗？你来到哈斯卡尔乌斯图耶芙娜你听到过什么吗？塞丽纳做出夸张的表情，我想，除了自己的心跳，你大概什么都听不到，你不觉得奇怪吗？

胡力图到底发现了什么？

好吧，就算为了表示我对你的爱，我可以告诉你。我这么说吧，我是一个单纯的姑娘，之前胡力图就是利用我的单纯，我父亲、叽叽嘎他们也利用我的单纯，可我不希望你也利用我的单纯，就算现在你也是在利用我，我也觉得值得，贝金斯，你懂我的意思。

可我不能那样。

正是因为这个"不能"，才是考验我们的时候。塞丽纳语气强硬。

那就拣一些你能说的说吧。

是钱，贝金斯，一切都是为了钱。叽叽嘎、托托卡，还有我父亲，包括你，你们都是一路货，你们认为只要有钱就能幸福，可是胡力图看到的是钱对人们的伤害，他说是钱让巴力人四分五裂，是钱让巴力人正在变成政府里各种各样表格里必须完成的数字。

政府只是想提高巴力人的收入，塞丽纳，哪个政府会不爱自己的民众？

这个道理我明白。但是我们不能用一种爱去伤害另一种爱。就像你以那个破纪律为理由不敢接近我，兴许你是出于对我的爱，但同时，你用你的爱伤害了我对你的爱，你能理解吗？既然是爱，我们为什么不能为爱做点更加接近爱本身的事情呢？塞丽纳突然调皮地笑了，譬如女妖塞丽和她的白马王子贝金斯这就上床去。塞丽纳伸手撩少校的脸，提醒少校不要把她当小孩看了，其实她懂，什么都懂，就是床上的事，她也比他懂。

窗外一片漆黑。窗帘也已拉上。少校却始终不解风情。这让塞丽纳情绪异常低落。时间一分一秒地过去却始终松动不了少校铁板一样的心，塞丽纳不想再饶舌下去了，她这次来本是真心，少校却依然百般戒备。于是她开口问了少校一个根本性的问题，他拒绝她，只是因为她是一个巴力姑娘吗？她的意思是，如果她是其他地区任何一个城市或任何一个小镇的任何一个姑娘，他还会拒绝她吗？为此她向天发誓，少校完全可以把她看作一个根本不存在的人，她可以做到从公众视野里消失，而像梦一样在夜里出现在他屋里。

可惜这样的话说服不了少校。

塞丽纳只好再次离开。她不可能待到天亮的。后来塞丽纳真就走了，非常伤心，而且还忘记了穿鞋。少校又是追到楼下，奇怪的是依然没有发现她的行踪。

那一夜世界依然寂静无声。少校的眼前能看到的只有红白两色，塞丽纳那双水晶细带凉鞋的红色，和塞丽纳那条白色的裙子以及裙子底下的那双嫩脚，少校像被深深吸引了一样，重重地看着那双脚却无力躲开，真是太漂亮了，那几只脚趾头白嫩灵透，就像墨鱼仔一样淘气，它们扭动着，跳动着，搅起一团一团雾状的香气，哦，是一种带有淡甜的薰衣草的香气。少校的面部肌肉像一袭抽掉松紧带的衬裙般慢慢地舒展开来。那一晚，少校在浓浓的黑暗中睡了他自打来到哈斯卡尔乌斯图耶芙娜以来的第一个踏实觉。

10

巴罗蒂娅奶奶一直深居简出。罗拉曾经是这么说的。总算睡了几个小时的少校，在天刚亮一睁眼就想到了这句话，他跳下床伏到桌子上，他在笔记本上找到胡力图的那个圈，又在外面画了一个更大的圈，以此来代表巴罗蒂娅。虽说，自从纳布托死后，这个女人就很少说话了，可少校总觉得她就是支撑在胡力图背后的那个人，因为一个家族里一旦出现一个形象光辉的人，那么这个家族的后代就很有可能会学他的样子。少校用笔敲着桌子,想给昨夜塞丽纳的第二次造访下一个结论,可他给不出。因为种种迹象表明,他们(少校是指自己之外哈镇的所有人)之间是互通有配合的,软硬、虚实、真假,感觉就像有一个作战方案,一套组合拳,而对付的人只有一个,那就是他自己。

少校搞不清他们为什么要这样,毕竟那次暴乱过去好些年了,帝国并没有对这个小镇怎么样,可以说那次暴乱唯一的历史意义很可能是在恰好的时机给帝国提了个醒——已经足够富强的帝国原来还有个别非常贫困的地方存在,要说有什么不妥,那也是因为暴乱正好发生在克鲁姆将军病逝的国丧期间。那时国王正陷在深深的悲痛中,但是哈斯卡尔乌斯图耶芙娜那个曾经给过父亲第二次生命的地方,却传来了令人沮丧的暴乱消息。令人惊讶的是,在克鲁姆将军病逝的几天前,将军还对国王说,他对小镇曾经有过一个承诺,在自己的有生之年一定要让哈斯卡尔乌斯图耶芙娜的人们过上富裕日子。可自己马上不行了,这个沉甸甸的承诺自然落到了国王的肩上。哈斯卡尔乌斯图耶芙娜的暴乱很快被平息,荷枪实弹亲自到现场指挥和完成后续安抚的人就是当时的北境军区司令,现在帝国的三军统帅,最高军事长官。当然,无论从哪个角度哪个层面讲,这都是小事一桩,即便后来国际上敌对势力借此大做文章，也没有掀起什么风浪。少校于是推测，国王很可能就是从那个时候开始真正关心哈斯卡尔乌斯图耶芙娜的，因为第二年帝国就派第一任派驻干部来这里担任第一副镇长，以便改善和发展当地的经济。据小道消息说，为了保证这个方案有效可行，国王咨询过有关专家，当时国王的要求就两点，一是必须考虑当地实际，要做到因地制宜，万不可拔苗助长干那种水中捞月的事情。二是必须要顾及帝国其他地区民众的情绪，绝不可以让民众认为国王是在假公济私。可是哈斯卡尔乌斯图耶芙娜这里的情况，只要长眼睛来这里看上一眼，还不明白吗？有什么经济价值可言啊，奇怪的是一任又一任的派驻干部都来了，也不知道他们每任回去是怎么汇报的。少校心想，兴许问题的关键就在这个点上，不是自己想多了，就是自己想少了，他相信前三任都不傻，可是他们……难道是这个哈斯卡尔乌斯图耶芙娜有着比胡力图发现的更隐秘的秘密？要是果真如此，那么自己就真成了舞台上那只在追光灯下跳舞的猴子了，而真正的导演和编剧就躲在台下那片黑影里。

少校瞬间冒出一身冷汗。他站起来到窗口处看那座桥以及桥头上的那匹马。他发现连那匹马都变得有了某种象征，接着他抬头去看满屋顶的《太阳报》，就觉得那些报纸被糊到顶棚上,根本不是为了好看或遮挡灰尘,其中的秘密很可能只有两个字——害怕。可是害怕什么呢,这里的荒凉与寂静?还是孤独与无助?之前的派驻干部分别来自农业、文化、商贸系统,在和基层民众打交道上应该比自己更有经验,难道他们和自己一样,是在为一种不知道害怕什么的害怕而害怕?

过了一会儿,楼下传来叫他的声音,少校以为是罗拉,下楼后才发现是一个陌生女人。那个女人穿着职业套装,略带慌张地站在那里,见到少校便称,贝金斯镇长,听说您找我。

少校不记得自己说过要找什么人,于是问对方,你是……

我叫莎曼,镇长,您可以叫我小莎,或小曼,我是这里的小学校长,叽叽嘎主任说您找我。

可是今天是周日,莎曼校长。

镇长,我今天能来,也正因为是周日,平时学校里事多,总是忙不过来。再说,叽叽嘎主任说,我最好周日来,还可以陪您聊聊天。

哦,原来是这样。少校说,你刚才说,你很忙,这里的孩子没有放暑假吗?

没有放,再说放了,孩子们也没地方去,还不如把他们圈在学校里，起码安全。

那，咱们还是到办公室吧。少校其实心里不高兴，觉得叽叽嘎太过自作主张了。

两人进了办公室随意坐下，彼此寒暄一番后，莎曼再次感谢少校的到来，因为相比于其他地区日新月异的变化，哈斯卡尔乌斯图耶芙娜太一成不变了。她说，我觉得不管是哪里的人，大家都不应该只满足于温饱、留恋过去的生活，因为整个人类都在快速进步，大家都应该向前看，跟上步伐才对。她说，这也正是我要回来的原因，在京都或别的城市哪里都不缺一个像我这样的人，可是哈斯卡尔乌斯图耶芙娜缺，我必须得回来帮帮这里的孩子。

莎曼看上去三十岁左右，比罗拉瘦小知性，比塞丽纳稳重内敛，一身浅蓝色套装，白色的衬衣领翻在外面，领口处还系了紫色丝巾，一双系带皮鞋，很像航空公司的空姐。少校给她倒水，莎曼接过去却只是端在手上。少校赞赏莎曼回到家乡的高尚之举，赞美莎曼继承奶奶的奉献精神投身于家乡的教育事业。莎曼不喜欢听这些虚话，便把目光游移到一边，然后直接切入正题，问少校有什么指示。少校并没有回答，而是说既然莎曼校长来了，就聊聊哈斯卡尔乌斯图耶芙娜吧，毕竟她上过大学，兴许能给他提供一些不一样的信息。

这里的情况我想镇长您已经看到了,自然环境恶劣,要想发展经济真的需要借助外力,但我认为最最需要的还是转变观念的问题。

可是有人告诉我,帕特维希头人长着一双什么都能听得见的耳朵,他的观念不应该陈旧才对。

这个您也信吗?镇长。莎曼差点笑出声来,她说帕特维希头人通用语说得不好,每次和派驻干部沟通,都得有叽叽嘎当翻译,慢慢地他就养成了喜欢听别人讲话的习惯,作为头人和镇长,我觉得这也是必要的,多听益善嘛,但是一个人不会因为喜欢听别人讲话,耳朵就会变大吧?

可是头人总不在镇里。

之前他可不是这样的。不过有个事实是,镇里确实没有多少事需要他处理,这里的人多数是牧民,牧民们习惯了自己的事情自己处理,很少需要镇里出面。至于公务上那点事嘛,各个岗位都有固定的职责和要求,有叽叽嘎主任和托托卡大叔在就可以了。其实我挺佩服他们的,他们真不容易,因为作为牧民谁不愿意自由自在去放牧呢!他们把自己箍在镇里,那得做出多大的牺牲!

可是毕竟这是镇政府啊,是有工作要做的。

但是真的没有多少工作要做，在我看来其实只要有一个管公章的人，顺便接一接电话就行。

那他们为什么要把我关在这院子里呢？少校犹豫再三，还是向莎曼问了出来。

那一定是为了您的安全。

连莎曼校长也这么说。少校想，难道这真的是事实？于是少校说，我是一个大男人被关在这里，一个年轻的姑娘却能自自由由地在外边到处乱跑。

谁？谁在到处乱跑？

塞丽纳。

塞丽纳？莎曼吃了一惊，镇长，您确认见到了塞丽纳？您确认见到的是塞丽纳本人？

难道这里还有第二个塞丽纳，还是头人有第二个女儿？

头人当然只有一个女儿，但他的妹妹帕拉芭丝有一个女儿和塞丽纳一样大，她们两人生日只相差几天，外貌上又很相像。唉！莎曼说，帕特维希头人迟早得被他这个女儿气死，塞丽纳不想接头人的班也就罢了，还不好好待在哈斯卡尔乌斯图耶芙娜。她说，作为女儿就算报答父亲的养育之恩也应该给头人一个交代。可您知道她的交代是什么吗？她想生一个孩子。这样，等有一天她把孩子生下来，再往头人怀里一扔,就说"好了,我已经给你找到头人接班人了,以后请别来烦我了",塞丽纳真能干出这种事情来。所以表面上她是在到处乱跑,可我听说她在找男人,那个可以让她怀孕的男人。还有,如果她只是在附近跑跑也就罢了,可是有人说她经常跑到她姑妈帕拉芭丝家里,这事情就变严重了。

一个姑娘跑到姑妈家有什么不对吗?

哎呀,莎曼说,反正这已经不是什么秘密了,我就说了吧,镇长,事情当然严重,因为塞丽纳的姑妈帕拉芭丝住在外国,虽然离咱们这里也就几十公里,但那已经是外国了啊。

哦!少校附和了一声。

帕拉芭丝年轻时在乌拉塔尔河边捡到一个男人,两人便相好了,到了两人无法割舍的时候,她才得知对方竟然是一个外国人。镇长,您是男人,可能体会不到,可是对于一个女人来说,爱情永远是第一位的,在国家和爱人之间,男人可能会选择国家,女人却一定会选择后者,我们巴力女人又那么崇尚爱情,帕拉芭丝毅然选择了那个男人,那时边境上的铁丝网还没拉起来,管理也没那么严格,大家也就睁一只眼闭一只眼。可到后来就不行了,您知道的,那边那个国家没有边境巡逻队吧,那是因为它没那个实力,但他们组建了一个秘密的行刑队，非常恐怖，因为他们不站岗不放哨，专门负责在离边境五公里的区域内杀人，只要有人出现在那个区域，他们就有权在不进行审问的情况下将其击毙。因此，那五公里宽的地带实际上是一个死亡地带，一个禁区。当然，就是铁板一块的东西，也有网开一面的时候，或者说会出现疏漏。据说，帕拉芭丝爱上的那个人是在夜色中被一面明晃晃的镜子引着穿过禁区的，那时他的身体一会儿轻如羽毛，一会儿又重如铅石，他除了能感知自己还活着外，连饥饿都感知不到了。他看到了前方一片亮光，以为看到了天堂之门。他跌跌撞撞地走着，天上是否有星星他已经记不清了，但他听到了流水声，流水声缓慢而缠绵，很像已经作古的亲人充满温情与爱怜的召唤，他努力循着声音而去，于是，一片亮光就在他摇摇晃晃的眼睛里变成了一道扭曲的门。据说他是拼尽全力向前一冲扑了进去，毕竟已经来到天堂了，那就毫不犹豫向它而去。后来他发现天亮了，他正躺在一个姑娘的怀里，那姑娘就是帕拉芭丝。

好浪漫的故事。

是啊，那片亮光其实是乌拉塔尔河水，乌拉塔尔总是滋养爱情。可是那次暴乱后，边境局势曾经一度非常紧张，从国家层面，两国派出代表重新划定了国界线，但在现实生活中，那些水，那些草，那些听不懂人话的牲畜还是不知道边界是什么东西，所以我认为帝国拉起铁丝网非常有必要，至少不会因为牧民的一时粗心大意，而让对面的敌国得到口实。可是有些人不这样认为，帕拉芭丝、塞丽纳，还有塞丽纳那个表妹，她们就不认同，为此，头人和帕拉芭丝大吵一场后断绝了来往，他不许帕拉芭丝接受塞丽纳，可是帕拉芭丝不管，她讲的是世上没有哪个姑妈会不接受自己的侄女，国界不能用来阻断血脉亲情。

这样一来，事情就复杂了。

家里人说，就在那次暴乱中，帕拉芭丝跑了，她带着自己的女儿跨过国界去和那个男子相会。但她们并没有跑远，因为帕拉芭丝不想因为得到爱情就割舍亲情。您想吧，这样的一家人，无论在哪边都不讨好，奇怪的是，他们并没有被对方国家抓起来或被行刑队枪杀，他们莫名地在国境线那边五公里的灰色地带安了家。这一直是个谜，因此有人说她丈夫根本不是逃犯，他的真实身份有可能是一名间谍，说不定那次暴乱少不了有他的功劳。莎曼接着说，随着年龄增长，我越来越觉得边境这地方看似远离国家中心，可实际上说不定比中心还要中心，谁知道这里的一个人一件事，背后隐藏着多大的秘密呢！因此我特别佩服奶奶，她才是我们这里拥有大智慧的人。哦，我还是说塞丽纳吧，我不知道她受到了帕拉芭丝多少影响，总之是帕特维希头人的话她一句都不听，她总说帕特维希头人是一个假面人，但她并不知道作为女儿给自己的父亲带来了多少麻烦。我这样说吧，镇长，如果是您，您有一个叛离家园的妹妹，她就住在离您家几十公里外的地方，您的女儿还经常光顾那里，据说有两次她还以假乱真让她的表妹出现在哈镇骗过了头人，尽管两个国家现在不那么敌对了，但毕竟这里是边境重地，您会怎么做？您唯一的办法大概也只能是把这个女儿抓回来，或者把她处死。

原来……这里面有这么多故事。

所以每个人都有每个人的难，镇长，只不过我们不知道他的难罢了。

真心感谢你，莎曼校长，直到现在也没有人和我提起过这些。

那是因为大部人选择了沉默，他们认为沉默是一种美德。

可是莎曼校长却对我说了实情。

实情不实情我不知道，因为这些事也只是我听来的，再说我也是为了哈斯卡尔乌斯图耶芙娜。

就像你的哥哥胡力图？

不，镇长。我可不赞同我哥的做法。莎曼真诚地笑笑。

听说他曾经是一名军人。

是，是一名边防驻军的士兵，就在咱们附近，还立过二等功。可那又能怎样，他做的事情还不如一个没牙的老太太。

你是说巴罗蒂娅奶奶？少校便借机表达了自己想去拜访巴罗蒂娅的想法。

那您一定会失望的，镇长，因为她根本不是电影里的巴罗蒂娅。

两个巴罗蒂娅差别很大吗？

我不知道，这些年奶奶变糊涂了，有人说她是装糊涂，可我觉得她是真糊涂了。莎曼说自己的哥哥胡力图刚开始胡闹的时候，巴罗蒂娅支持过他，她说过去多少代巴力人从来没有从国家那里拿过一分钱，不也活得好好的嘛！做人就应该自力更生，少麻烦别人，尽管国家不是一个人，可国家的钱来自哪里，不也是从别人那里收来的嘛！伸手拿国家的钱就是拿别人的钱，拿别人的东西心里会不安，人不能活在一种不安中。巴罗蒂娅奶奶说，巴力人在哈斯卡尔乌斯图耶芙娜这片土地上已经生活上百年了，一百多年来，雪灾、虫灾、旱灾，巴力人什么没有经历过，但巴力人都存活下来了，既然这样，那么将来也能活下去。可是后来，当她得知胡力图在写什么检举材料时却极力反对，她眼泪汪汪地将胡力图叫到身边，问他能不能干点他该干的事。胡力图说，他干的就是自己该干的事。巴罗蒂娅奶奶就用拐杖一下又一下地杵胡力图，伤心到说不出话来。

这么说来，巴罗蒂娅奶奶一点都不糊涂。

这是过去，镇长。莎曼说，再说她说不了通用语，除非您只想听她说"好的""不用谢"，她的身体大不如前了，现在除了吃饭，她也就只剩下那点儿睡觉的力气了。

可我听说，她是用自己的身体把克鲁姆将军救活的，她为此付出很大的代价，我的意思是说，真实的巴罗蒂娅要比电影里的更伟大，毕竟一个女人站在敌人面前面对冷刀热枪是一回事，而因为救一个陌生人而搭上了自己的一生可是另外一回事。

是谁这么多嘴。奶奶都是烟尘已去的人了，干吗还不放过她。莎曼不高兴了。

这可是咱们牧场的骄傲，莎曼校长，你不愿意让人知道这些？

是奶奶，镇长，奶奶为这事已经苦恼一辈子了，奶奶最恨的就是这件事被到处流传。

可是有人说,最先把故事讲出来的人,可能就是巴罗蒂娅奶奶。

当然不是,莎曼说,大家有点儿常识好不好,奶奶和爷爷那么恩爱,她怎么可能那样做呢,如果她只是贪图虚荣,在她接到国王的邀请时,怎么会既不参加国王的宴请,也不答应去观看独立日阅兵呢?她依然要待在哈斯卡尔乌斯图耶芙娜做她的巴力族老太太,哦……这一定是叽叽嘎大叔的主意,他一直热衷于此事,总希望奶奶接受他的建议,担任镇里光荣历史的传播使者,他还要在场部专门腾出一间房子作为奶奶的工作室。我知道有一年一位年轻人突然跑到家里来,说是来采访奶奶,那个年轻人让奶奶回忆和克鲁姆将军单独相处的日子,尤其是关于那个特殊夜晚的,他问得很细,他问克鲁姆将军那么重的身体,奶奶是怎么背进毡房的;当时将军的头发上有没有羊粪,脸上的胡子有多长,脚趾是否冻伤;问奶奶有没有将脸贴到将军胸脯上听心跳;有没有用嘴唇去感觉将军的体温;奶奶剪开将军的衣裤,当一具陌生男性的身体出现在自己面前时,有没有一点异性间的羞涩;尤其是当敌人冲进毡房,红彤彤的火光照着敌人狰狞的面孔,将军是在她怀里,还是在背后,她有没有动念把将军交出去，是什么原因让她战胜了恐惧；那个年轻人还问奶奶，在火光下第一次看清将军的面孔时是不是就产生了一种说不出的爱意，只不过她把这种一见钟情式的儿女私情藏在了一种大爱之中。

那个年轻人是谁？情报部门的人？

他说他是一名传记作家。

问题是那些细节他是从哪里听到的？

谁知道呢，莎曼说，奶奶问年轻人从哪里来，怎么会说巴力语。年轻人说自己在大学里学过巴力语，他的理想就是当一位传记作家，他想给巴罗蒂娅和克鲁姆将军立传。

巴罗蒂娅奶奶怎么回答他的问题？

当时奶奶还没有现在这么老，但她表现得比现在还要老。她围着厚厚的毛毯，身体前后摇晃，过了好半天，奶奶才说一句，一切都是报应！那个年轻人听不懂她的话，因为奶奶一个问题都没回答他。那时奶奶已经跟我们说过——人们总是渴望得到真相，真相当然存在，只不过真相一直藏在幽深的山洞里，那些好奇的人们走进去，结果呢，有的人因为山洞的黑走到半道就被吓了回来，也有的人坚持到底见到了真的真相，却因为真相的丑陋被吓得再也不敢提一句有关真相的话。关于那段历史，奶奶说，还是听书本上的吧，书本上的内容就是人们应该知道的内容,既然人们已经知道了该知道的,何必再劳心费神节外生枝呢!因此,当得知年轻人的意图后,奶奶就将眼睛闭上了,无论年轻人再问什么,如何央求,得到的就只是奶奶的一个动作——她一次又一次地将身边的奶干递给年轻人,即使年轻人从包里取出那张盖有印章的介绍信,也无法动摇她了。

这些事都是巴罗蒂娅奶奶跟你说的?

当然,那个年轻人走后,奶奶把我们全家人召集到一起,再次强调无论是谁,往后再不许提这件事。她坚持自己的信条:人要简单生活,厚道做人。她总说,当一个人老到两腿发软只能抬头望星看月的时候,人生就豁亮了。

奶奶的观点胡力图赞同吗?

他当然不赞同。

少校笑笑,既然这样,那么听叽叽嘎主任建议的给学校里的孩子们上一堂课的事就不用提了,因为他建议我讲的就是关于克鲁姆将军在哈斯卡尔乌斯图耶芙娜的故事。

莎曼简单"哦"了一声,神情中有一些兴奋,您还可以讲讲其他啊!孩子们听说镇上来了一个会开坦克的叔叔可好奇呢,我建议您有空还是去给孩子们讲一讲吧,算是让孩子们开眼界,顺便增加一些军事知识。

那好吧，再容我想一想。

到这里，两人的正式谈话就算结束了。外面正好也响起一阵脚步声，是罗拉。她走进少校办公室，在少校面前踱来踱去，莎曼的目光跟着她，姑嫂俩一直不说话。为打破僵局，少校胡乱问莎曼一些学校里的事，譬如牧民们愿不愿意把孩子送进学校，老师们每月能拿多少工资。

莎曼说，哈镇的问题其实不是钱的问题，只不过大家以为是钱的问题。

罗拉不客气地插嘴，怎么不是钱的问题，要不是因为钱，贝金斯镇长大人能来咱们这里？他还要为我这个困难户着急，我要每个月有八九千索耳的收入，我才不管你哥在哪儿待着呢。

我不想在这里谈论我哥。莎曼说。

那你来干什么？罗拉冷笑道，给贝金斯镇长大人介绍哈斯卡尔乌斯图耶芙娜的风光？还是风土人情？要是那样，那你就带上贝金斯镇长出去走走啊。

这可不是我的职责。莎曼尽可能做到心情平静。

那你就教好你的书，把孩子们送出哈斯卡尔乌斯图耶芙娜这个鬼地方，不要大礼拜天的来打扰镇长大人。

莎曼说，我会的，最起码我没有没完没了地抱怨。

我抱怨了吗?你要换到我的位置上试试,莎曼。

两个人火药味儿十足。少校夹在中间非常尴尬,他只得趁罗拉不注意示意莎曼找借口离开了。

只有自己单独和少校在一起的罗拉,马上变了一个人,她开始反口夸赞莎曼,要说对哈镇贡献最大的人非莎曼莫属了,她说莎曼不仅把知识带给了哈镇的孩子,还把自己的婚姻和幸福耽误了。

那你刚才还那样对待人家。

那是因为莎曼太固执,和她的那个哥哥一模一样,我气她,是因为她不知道知恩图报,当年要不是胡力图挣钱资助她,以她们家的条件,她怎么可能去上大学。可是反过来,胡力图让她帮着看一看材料,只不过通顺一下句子,又不为难她,她只是粗粗看了一遍,就来了一个嘎嘣脆——这事我不管。我真是替胡力图感到悲哀,他是英雄母亲巴罗蒂娅的孙子,自己的妹妹是镇上最有文化的人,可他却落了一个单兵作战的下场。

罗拉突然抹起眼泪,恨自己无能,说胡力图一心为了哈斯卡尔乌斯图耶芙娜,却没有人懂他。

连你也不懂他吗?少校问。

我一直在努力去懂他,一直在努力。罗拉说,胡力图是个好人。大人，他有担当，从来不会连累任何人。

那你手里有他写的材料吗？如果可以，我想看看。

你的意思是说，你愿意帮他了？罗拉马上露出笑容。

我不敢保证，罗拉，我只是想知道是什么事。起码我也想像你一样努力去理解他，咱们别让他一个人掉进死胡同，钻了牛角尖。

我就说嘛！我就说我不会看错人。罗拉含着笑却流着泪。既然这样，罗拉说，那我就不用弯弯绕了，必要的时候我会去一趟魔鬼城堡，我去取那些材料。

11

就在那天中午，本来已经不指望自己能独自走出大门的少校，在想自己要不要亲自去一趟魔鬼城堡时，被一阵"嗵嗵嗵"声从床上敲醒。难道是帕特维西头人回来了？少校起床快速下楼，在刺目的阳光下，少校透过大门门缝，看到门外是一个头戴黑色头盔全身武装的年轻人。年轻人一见少校就喊"贝金斯第一副镇长，您好！"一边从摩托车上往下卸东西，一捆报纸、三个文件袋、两双一大一小的女式拖鞋、一把没有开封的口琴。一看便知是一个邮差。

邮差老练地将东西从大门底下往里塞，报纸太大塞不进去，他只好用力将其从门上面扔进来，然后从门缝里塞进来一张清单要少校签字。对方说，除了那只口琴是少校的，两双拖鞋是罗拉的，其他的都是些公文类的东西，少校只管签字就是了。还说，签字只是为了证明邮差到过哈镇，至于那些文件，其实大部分都已过期。少校就问邮差，既然都已经过期了，为什么还要送来。邮差说自己也想不通，兴许是为了存档用吧，不过他很感谢这些过期的东西，否则的话自己去哪里才能找这么好的工作。邮差是个自来熟，有点儿痞，说话之际给自己点了一支烟，他做过点一支给少校的动作，但少校拒绝了。邮差主动和少校唠嗑，说现在人是越来越不吃香了，到哪里都是机器，这一路上他还想，现在的人生而为人，仿佛人人有罪，为了讨口饭吃，就变得越来越像机器。少校没工夫琢磨邮差的话，他只是胡乱为邮差竖了一下大拇指。邮差半仰着脸吐烟圈，见少校握着笔的手在犹豫，就说，签吧，没事，这地方不会有什么责任的，之前有好几次都是罗拉姐帮着签的。

你是说做饭的罗拉？少校问。

对啊，整个哈斯卡尔乌斯图耶芙娜也就一个罗拉吧！

那个口琴呢，口琴是怎么回事？你刚才说是我的。

邮差就在烟雾里笑,说,我怎么知道,我只负责投递,其他的事我无权知道。

少校签着清单,突然就生出了一点主人的感觉。他让邮差等一下,自己要回宿舍去给他倒杯水。邮差说不用了,他得赶路,再说,自己车上备着呢,就算没有,他还可以喝汽油。邮差开玩笑地说,其实我特别想喝汽油,因为喝汽油局里给报销,可是喝水就不可能了。

少校也笑笑,提醒邮差,这个时候他可返不回市里了。邮差说他不回市里,下一站他要去魔鬼城堡。"魔鬼城堡?"少校的心弦被拨动了一下。可他又知道这是不可能的,他不可能搭上邮差的摩托去魔鬼城堡。邮差从少校惊讶的语气中听出了什么,便问少校是不是有什么事需要帮忙。少校说,没有,没有。邮差站直了,伸手向少校敬了个军礼,骑上摩托车说,如果有什么东西要捎给胡力图,他可以代劳。少校再次重复说,没有,真的没有。邮差将嘴里的烟头吐到地上,用脚一拧,骑着摩托车走了。

剩下的时间,少校就差不多都用来琢磨那只口琴了。寄件人的地址是当地市政府所在地,可自己在那里不认识任何人。还有邮差的那辆摩托车,它来,它走,它从少校的视线里离开时,还冒着浓浓的黑烟,为什么没有一点声音呢?少校轻轻打开包装，从红丝绒布里取出一只精致的口琴，又含在嘴里吹了一曲，口琴纯正优美的音色就像天籁之音，那些声音仿佛不是透过耳朵，而是像他的肉体不存在一样直接落到了自己心里，这让少校想起还是少年的自己在某一个纯净的清晨对着阳光用一只旧口琴吹醒理想的时光，少校用手仔细摩挲那只口琴，从口琴弧面的镀金壳上看着变形的自己。此时，桥头的那匹黑马突然打起响鼻，那个只是因为一时走神而被暂时遗忘的恐惧马上又回来了，少校不知道自己在恐惧什么，但恐惧实实在在存在。少校由此推断，这样的恐惧也一定发生在之前的派驻干部身上。少校不由得自嘲，自己可是一名军人啊，军人的天职要求军人不能怕死。不过，少校害怕的并不是死，他所担心的是自己的任务无法完成。

　　于是，周一一上班，少校便把叽叽嘎找来。他要看一看近十年来，也就是自打有派驻干部以来哈镇人的收入，既然少校是来抓经济，他就有理由调用这些数据。叽叽嘎却表现得很是为难，他那无法掩饰的惶恐，很像一名台下千排万练的演员上台后还没开口就发现自己竟然忘词了。叽叽嘎时不时将头转向门外，期盼能来一个救星。少校只好给叽叽嘎台阶下，说这不是着急的事，过几天也行。可是，对一个办公室主任来说，这本是举手之劳的事。叽叽嘎说自己毫无准备，少校突然这么一要就让他手足无措了，其实他今天来，只是来向少校请假的。又是去捡酒瓶吗？少校问。叽叽嘎说这次不是，这次是家里的一头牛病了，他得回去和兽医搭把手。不过，他还是草草地回答了少校的问题。他说他一时真想不起来那些资料放在哪里了，要是在资料室，那就得等塞丽纳回来，如果自己电脑里有电子版，他有空时打开找一找便是。少校多问了一句，之前的派驻干部都不需要这些数字吗？叽叽嘎说反正没和自己要过，再说派驻干部只管自己任期内的事，他们只要保证能完成对自己的考核任务就行。

也是手册上那些考核？少校问，每一任都能完成吧？

那是自然。叽叽嘎用手擦了一下额头的汗，要不然他们也不能离开啊。接着，叽叽嘎就像断片的演员突然接上戏进入角色一样跟少校说，上校，您也尽可放心，您也一定会完成的。好了，我不能和您多待了，我得马上回家一趟，这可是生命攸关的事，这个假您不准也得准。

吃中午饭时，少校跟罗拉聊起自己想知道牧民收入的事。罗拉直接劝少校放弃这个念头，因为叽叽嘎是不会让你知道那些数据的。我不是跟你说了嘛，他就是一条狗，汪汪汪几声吓唬人或摇摇尾巴讨你喜欢还行，要是正经事还得去找帕特维西头人。

可是这些都是基础数据，他即便不能随时记在脑子里，起码也知道个大概。

我不是跟你说了嘛，叽叽嘎就是一条狗，你干吗非把他当人看。再说了，巴力人过日子可没有你们那么认真，说到数字我们多数情况是指牲畜，还有……罗拉的语气暧昧起来，黏稠起来。

还有什么？少校问罗拉。

大人，我是不是让你觉得非常讨厌了？罗拉收拾灶台，尽可能将"讨厌"两个字压到最低声。

没有，你怎么会这么想。少校大大方方回答。

因为我笨。

少校摇了摇头，觉得罗拉真是无稽之谈。

罗拉过来把嘴伏到少校耳朵边，我刚才去你房间拿拖鞋，我看到那双凉鞋了，大人，我知道塞丽纳比我年轻，但你不觉得她太过年轻了点吗？重要的是，她可是头人的女儿，大人，她是头人的女儿。

罗拉，你想告诉我什么？

我能告诉你什么？我只是一个负责喂饱你肚子的女人。不过我还是要提醒你，塞丽纳可不是你想象得那样单纯，如果你是为胡力图或那个殉职派驻干部的事而来的话，那就最好离那个小妖精远点。胡力图说得对,大人,他相信上面迟早会派人来,兴许你就是。

我只是派驻干部,罗拉,无论胡力图,还是我前任的事,我也只是来到这里才听你们说。

真的是这样吗?难道咱们之前说的事你变卦了?罗拉收拾完要走,表情依然十分真诚。大人,你是军人,胡力图也曾是军人,就冲这一点儿,你也该帮帮他,我跟你说的绝不是开玩笑,大人,我们巴力人做人从不亏欠人,不管事情成与不成,我都不会怪你,你能理解吗?大人,咱俩之间不是交易,这只是一个无助的女人在感恩,你应该欣然接受才对,这样,你我心里会舒服一些。罗拉拎着一双湿手让少校站起来靠她近点。少校照做了。罗拉毫无征兆地猛地靠到少校身上,要少校抱紧她。少校当然不会。罗拉说,求你了,你就当我是一棵树,一根木头,然后你再听我下面要说的话。少校迟疑着。罗拉便主动背过手,将少校的胳膊拉过来,又把自己的头枕到少校肩上。她微微抬头,少校已是满脸涨红,她问少校,你就感觉那么难受吗?如果你抱的是你心爱的女人呢?少校慌乱的目光在四处躲藏,他不想回答罗拉的话。罗拉哭了,泪珠扑簌簌落到少校的胳膊上。罗拉说,你是无法体会我现在的感受的,可你知道吗,这是一种不用恐慌、不用着急、不用提心吊胆、不用被人从后面追赶的踏实感。踏实，大人，这难道不是一个女人该有的体会吗？可是我呢，每当我每天躺在床上，哪怕累死，也睡不着，因为我不知道自己到底身处何处。你能想象一个每天靠吃安眠药才能入睡的女人过的是什么日子吗？少校自认为是理解的，但在这时由理解而形成的反射弧却是害怕，少校多么希望与罗拉是陌路人啊。罗拉的手肉乎乎的，正有力地抓着少校的手腕。少校跟罗拉说，自己答应帮她并不是因为胡力图。罗拉抹一下眼睛，轻声说，我知道，我知道。说完，便松开了少校。少校并不知道罗拉的"知道"是什么意思，但他知道，塞丽纳和罗拉，无论她们是因性而情、因性而性、因情而性，还是因事而性，他都不能碰她们。

那天晚上晚饭后不久天气大变，黑压压的天空电闪雷鸣。少校写完日记，将那双红凉鞋和口琴装入一个塑料袋从宿舍后窗扔出去后，便坐到台灯下翻阅《太阳报》。可是，连一个头条新闻还没有看完，屋门就开了。塞丽纳一身迷彩服，一双军靴，手里拎着一个塑料袋（正是几分钟前少校扔出去的那个）站在那里。塞丽纳气呼呼地进来，将索要的手伸向少校，既然要扔那就全部扔掉，干吗还要留下一件（一定是指那块红丝巾！）。塞丽纳可是头人的女儿，莎曼校长也说过，塞丽纳一直在找一个可以让她怀孕的男人，少校不动声色，但内心在翻江倒海，现在他更愿意相信，塞丽纳可能是头人真正的助手，她几次秘密来访其实只有一个目的，那就是想弄清楚他来哈斯卡尔乌斯图耶芙娜的目的。

塞丽纳却没有继续理直气壮下去。她看上去实在太累了，就像在狂风中与一场暴雨搏斗了一路。她一屁股坐到沙发上，双腿从军靴里抽出来，脱掉袜子，露出那两只玲珑如幼猫小爪（少校为之迷醉）的脚，然后换上凉鞋，走到少校床边，从叠好的被子里准确无误地一点一点地将那条红丝巾抽出，她一边笑着，满意地笑着，当整条丝巾抽出，发现完好无损后她又塞了回去。少校依然不语，看着塞丽纳转身，用他的杯子倒了半杯热水又到卫生间兑上凉水咕咚咕咚咽下，她站到窗户边，任由窗外的狂风吹散她的头发，她和少校说，咱们还是把窗户关上拉上窗帘吧！

塞丽纳，你呀，你是不是又想……

塞丽纳说，我什么意思你很清楚，怎么叫"又想"，是我一直在想，事情的真相是——其实你也想，你只不过是用无动于衷的假象来欺骗我欺骗你自己罢了。但我并不是在胡闹，贝金斯，你我之间发生的一切都是你想多了，我是说，外面的风这么大，关上窗户后我们才能好好说话。这时，天空中突然亮起的闪电照亮塞丽纳湖水般蓝绿色的眼睛，以及深井黑洞一样的嘴。她说，在我面前你只是一个单纯的男人，你身上背负了太多不属于你的东西，这就是你和我的不同。你总是在怀疑，可我一开始就信任你，就算你把我看成敌人、妖怪，甚至最终会因此杀了我，我都百分百相信你。

不是这样的，塞丽纳。

难道我错怪了你吗？如果你不是把我看成一条美女蛇，你就没有理由不接受我，即使我让你感觉有点轻浮，有点疯疯癫癫，但那恰恰是因为我爱你，因为只有那样我才能说出那么难以启齿的话。自从上次离开后，我就一直反思你不接受我的原因，想来想去，还是信任问题。我知道你心里是喜欢我的，但你不敢承认，贝金斯，你不仅害怕我的心，还害怕我的身体。但我从来不相信一个狗屁纪律能吓得住一个男人，我想知道或已经知道你的一切，那只是为了更好地爱你，而你却相反，贝金斯，其实现在的你和之前的我很像，你就是一只迷途的羔羊，贝金斯，掏出你的心来吧，心就是你的宇宙，只要你心中有爱，你就会变得所向披靡。

一道闪电闪过，雷声把窗户震得咔啦啦直响。塞丽纳慢慢转过身来，我这次来……唉，真是造孽，我正在变成哈斯卡尔乌斯图耶芙娜的罪人，可是我的心却让我必须这么干。

好吧，既然你喜欢成熟稳重的女人，那我从今天起就成熟稳重一些，既然你对我心存疑虑，那我就敞开心扉变成你眼前的一张白纸。你说吧，贝金斯，你想知道什么，只要我知道的，我全告诉你，反正在这里没有一个人待见我，如果你再不喜欢我，那我活着还有什么意义。

为什么，塞丽纳，为什么这里没有一个人待见你？

因为我和他们不一样。反正我才不管那么多，我就是不要成为他们。贝金斯，我知道你对胡力图的事感兴趣，但你并不了解胡力图，罗拉也不了解，而我塞丽纳最了解他。

你是说胡力图信任你？

是的。没有人会愿意永远默默地做事而不想被人知道，因为那样他做的事情也就失去了意义，今晚我说的一切你都可以记下来，我可以摁手印作证。塞丽纳微微抿了抿嘴，比之前张牙舞爪时的样子美了很多。她说正是因为她和胡力图走得太近，她父亲帕特维西才下决心抓她的。当然这个世界上没有不爱自己女儿的父亲，贝金斯，很可能我父亲担心我会受牵连。尽管我父亲没有看过那些材料，但他知道胡力图做的事很危险，说不定会毁了哈斯卡尔乌斯图耶芙娜，胡力图知道的东西太少，却喜欢胡思乱想，他被自己的想象欺骗了，包括自己的女人，其实罗拉并没有他想象得那样爱他，她背着他和不少男人干过那种事,还有他的妹妹莎曼和奶奶巴罗蒂娅,为什么没有一个人站在他那边?就说巴罗蒂娅吧,她一心想要让胡力图过一种事不关己就不闻不问的普通牧民生活。胡力图努力过,但他做不到。胡力图为此非常痛苦,一次喝多酒差点儿用刀捅了自己。因此,胡力图之所以成为现在的胡力图,其实也是没有办法。他妹妹莎曼,觉得胡力图简直是在自讨无趣或什么来着,哦,以卵击石,因为胡力图看不到洪流般的时代不会因为他而止步。胡力图却不同意这种说法,他跟莎曼抬杠,说他并不是不愿意放弃传统,而是那些用来代替传统的东西让他看到的是毁灭,那种可怕的充满堕落的毁灭。至于罗拉,如果她真心爱胡力图,那就最好别提什么帮胡力图的事,她只要全身心伺候好老人带好孩子就行。贝金斯,你知道罗拉因为愤恨干出过什么事吗?她在包子里放针,胡力图一口咬下去就被扎得满嘴是血,倔强的胡力图并没有把针吐出来,他硬是把针咽了下去,因为他很想死。奇怪的是胡力图像有天神保佑一样屁事儿没有,从此后胡力图就越发相信自己身负使命了,他下决心要把那些检举材料写下去。

这些事都是胡力图讲给你的?

是啊,要不是他说我哪能知道。罗拉一定跟你嚼过我和胡力图的舌头吧，那是因为胡力图和她什么都不说，她嫉妒我和胡力图的关系。不过，胡力图说，这些事总得有个人知道，如果有一天他突然死了，他希望有人知道他是为何而死。

为什么是你，塞丽纳，他为什么选择你？

我都这么坦诚了，你就不肯叫我塞丽吗？算了，我不跟你计较。还用说吗，当然是因为胡力图认为我懂他，还有就是他的聪明，他知道我是头人的女儿，别人不敢对我怎么样，或者说他希望我把这一切都告诉头人。

那些材料你见过？

没有。不过他说，除了一些揭发我父亲和派驻干部的事之外，还有一个天大的秘密。

什么秘密，塞丽纳？怎么还用"天大"来形容。

具体的我也不知道。

可是少校觉得塞丽纳知道。

窗外开始下雨了，是少校来哈斯卡尔乌斯图耶芙娜的第一场雨。

这时，塞丽纳却说，今晚你不赶我我都必须离开，无论如何我是不想再惹你讨厌了。

外面下雨了，好像还很大。

那又怎么样？贝金斯，我爱你，但我不会不顾廉耻，也不会让我的爱成为你的负担。即便我再怎么想你也会克制，直到有一天你主动邀请我留下。贝金斯，乌拉塔尔是美的，她很妖艳，但她绝不会是小丑。

那我问你，塞丽纳，哦，我现在可以叫你"塞丽"了，你觉得胡力图说哈镇除了这栋办公楼其余的全都是假的，是实情吗？

当然，当然是实情。从第一任派驻干部开始这里就在造假，这不是秘密。

塞丽，你要知道你父亲可是这里的镇长。

那又怎样，我早就劝他不要当这个镇长了，他自己也不想当，他给上面打过报告，可就是批不下来，可能因为他是这里巴力人最大部落的头人，上面任命头人当镇长，看重的并不是他的能力而是头人的身份。

镇长不是选出来的嘛！

理论上是这样，可实际情况你比我更清楚。再说，就算选也会选到他身上，人们总是这样，总喜欢有人抛头露面站在前面替自己遮风挡雨，头人不就是那么一个角色嘛！头人，头人，头人，你真以为他有过去部族头人那样的权力啊！他只不过是个象征，就是一只替罪羊。可是我父亲非拧住我不放，还要让我也做什么头人。我才不干呢！我宁愿做一个不孝女，等着有朝一日和你一起离开这个鬼地方。

看来他们真的在造假。

他们是谁？

叽叽嘎、托托卡、你父亲，还有派驻干部。

你说少了。塞丽纳走过来，一屁股坐到写字台上，用腿一下一下打着少校的身体，还有我、罗拉、莎曼，你见过的或没见过的每一个人、每头牲畜、每块石头，还有市里州里的那些机构。大家都在心照不宣，只是不能捅破那层窗户纸罢了。如果你真是为这事而来，那明天我带你去一个地方你就全明白了。

我们这不是在闲聊嘛，塞丽，我要说多少遍你才相信我只是一名派驻干部，我们聊天只是我想更好地了解哈斯卡尔乌斯图耶芙娜。

哈斯卡尔乌斯图耶芙娜什么都没有，贝金斯，不过我同意你的说法，"一无所有"正是这里得天独厚的资源，你可以打报告建议帝国军部在这里建一个导弹基地，或申请成为你们坦克部队的军事演练场，或者成为空军的跳伞训练基地，就像你和叽叽嘎讲的那样，来一个荒凉体验游也行，其实你连机场都不用建。你这些看似不着边际的创意，真的比之前的那几任靠谱，最起码算是一个长久之策。

我听不大明白。少校说。

你不需要什么都明白，贝金斯，你只需要知道一年有多少天，你的考核期总共有多少日夜，你过一天划一天，等划完了你回去交差被提拔就可以了。

听起来，全是怨气。

才不是，我应该是感谢才对，亲爱的，要不然我得等多少年才能等到你。塞丽纳伏下身，胳膊压着桌子，露出唇间两排细小的牙齿（少校在想它们作为女人的工具，如果不去咀嚼不去撕咬，而是来对付男人那会是什么感觉），她伸手揪住少校的耳朵说，你可真讨厌，你不知道你越是拒绝，对我来说就越有可恶的吸引力吗？好了，亲爱的，到现在你该相信我了吧！你要想在哈镇有收获，那你就得先收获我。塞丽纳坐直身体，双手抓住少校的肩左右摇晃，满心的怪怨让她非常用力，但她似乎只是为了让自己的乳房在少校面前跳跃起来。她一定相信女人胸部的震颤可以松动男人充满抵抗的坚强，而且没有哪个男人会是看上去那么铜墙铁壁，只要少校的意志一旦出现裂缝，哪怕仅仅细微的一条，她就可以趁机钻进去。她会以气味或汁液的方式冲进去。无论是气味，还是汁液，它们都有无孔不入的天性，都可以做到对猎物的彻底包围和全部溶解，直到对方在一种迷醉的欢愉中和自己融为一体。

以现在的情况看，塞丽纳是对少校掏心掏肺了。塞丽纳说，自己一点儿都没有夸张，第一任派驻干部刚来时，曾给哈镇描绘过一幅蓝图：用不了多久，一条宽阔平坦的柏油公路就会从市里直通哈镇；我们全镇的山丘上到处是风力发电机；而靠近乌拉塔尔河的地方会有一个水库；一旦有了水库，哈镇自然就会绿树成荫……

结果他只是修了那条公路？少校问。

结果他只是建了几个种植葡萄的大棚。你要愿意，明天我就带你去看看，那些大棚就在乌拉塔尔河边，不过现在只剩几间破破烂烂的砖房了。你看到的那条柏油公路，不是他修的，听说是因为前面的驻边部队需要安装一台秘密的设备才修的。

关键是大伙儿见到收益了吗？

当然有，你想想，盖葡萄大棚，维护葡萄大棚，需要劳力，大棚盖好后，需要有人种植葡萄，总之是……

总之是，实际效果并不那么理想，对吗？

具体情况其实我不是太清楚。当然我们非常体谅派驻干部，毕竟人家没有义务必须来帮我们，人家能来这种艰苦的地方本身就令我们感动，换谁还好意思去为难他呢，这样一来，派驻干部在这里，能做事固然是好，就算不做事，大家也应该领人家的情。

这是大部分哈镇人的心理？

我觉得差不多应该是！起码我和我父亲是这么认为。

可是胡力图不这么认为。

对，那家伙不这么认为。他觉得这里面有阴谋，阴谋的目的就是为了让巴力人腐化、懒惰、变成寄生虫。这个很不好说，这些年，牧民们手上确实有钱了，可是酒鬼的数量在成倍增长。

胡力图也是酒鬼。

但他和他们不一样。胡力图是因为气愤、郁闷和伤心，因为我们巴力人的食物从来都是从牛羊身上获得的，而不是靠别人施舍。在胡力图的眼里，整个哈斯卡尔乌斯图耶芙娜正在被……啊——塞丽纳突然尖叫一声从桌子上跳下来，她一把把少校从椅子上拉起来，惊讶、兴奋，扑到少校怀里，用她的小拳头又砸又捣，还跳起来吻了少校的脸，亲爱的贝金斯，你明天就可以回京都去交差了。

怎么了，塞丽？

这时，塞丽纳却抬起少校的脖子将鼻子伸了进去，她说她闻到了一股情敌的味道，一种甜腻腻油烟味还掺有奶香。又是那头大奶牛，塞丽纳噘起嘴，你以为我傻吗，贝金斯，你抱过她了，你别狡辩，如果你足够爱我，如果我和别的男人有亲热之举你也会闻到的，你最好放老实点，贝金斯，如果你再往下走一步，那个把刀捅进你身体的人不会是胡力图，而是我，我会和你同归于尽的，贝金斯。

罗拉令人同情。

难道我就令人讨厌吗？我一个大活人，风里来雨里去趁着夜色跑来见你。看，你不打自招了吧。你真的不是来搞经济的，你甚至不是军人，至少只不是军人，贝金斯，你到底是谁？在为谁工作？不过我可以告诉你，你的答案对我没有意义，我只是想提醒你，你要好好爱护自己，别到最后搞得和那个演员一样下场。

可我听说，你非常迷恋人家。

你没事吧，贝金斯，你吃醋了，贝金斯，我迷恋他？我有病吗？我就是再缺也不缺他一个吧。不过在前三任派驻干部中，我知道他是最痛苦的一个，他成天愤世嫉俗，把文化看得比命都重，他来这里，根本不谈经济，哦，他一直强调文化比经济重要，说文化做好了就是经济，后来突然有一天他莫名其妙沉默了，他躲在宿舍里给自己文身，文一些戏曲人物的脸谱，再后来有一天他在镜子里看到了自己浑身的花花绿绿，本来他想会很美的，结果却那么丑，于是就受不了了，崩溃了。当然这是我的推测，贝金斯，他的死真的是谜，他不喝酒，生活很规律，情绪也稳定。我知道胡力图是他唯一的朋友，但胡力图从不提这事。

这就是你刚才大呼小叫的发现？

当然不是。我是发现了胡力图的秘密，就是胡力图始终不敢在材料里写出来的那两个字。

是什么，塞丽？说出来，现在只有你和我。

然后呢？然后我就可以留下？我多想舒舒服服地冲个热水澡，睡上一觉啊！可惜今晚我必须走，在你这里我是会被我父亲逮着的，我宁愿让他相信我一直住在姑妈帕拉芭丝那里，或者死在路上。我得走了，贝金斯，如果你真心喜欢我就不在乎这一晚。我有预感，今天晚上我父亲一定会来抓我。

不就是一句话嘛，塞丽，一句话不耽搁你离开。

我还是别说了，如果我说出来……你又得失眠了。我走了。塞丽纳换上军靴。少校心里着急，想拦住塞丽纳，甚至激将她，兴许这不是她的发现，而是胡力图故意让她暴露给他的。塞丽纳对天发誓，绝对是自己发现的。

外面电闪雷鸣，大雨倾盆。塞丽纳决绝地冲了出去。雨声洪水般冲进少校的宿舍，一下将少校推到床边。少校赶紧挣扎着站起来，他追塞丽纳追到院里，依然紧锁的场部大门却被风吹得吱嘎乱响。这时，一道闪电顺着旗杆将天地连接，大雨如注的夜色中，有一个含糊且变调的声音或隐或现地从黑暗中传来——圈养。什么？少校双手捂耳，再次用心去听，他真的听到了，可他分辨不出那个声音的来源，是塞丽纳，还是那扇风雨中摇晃的大门。

12

帕特维希头人当然最终没有在那个雨夜出现。显然，塞丽纳是在找借口。少校又是一夜失眠，他几次下床将宿舍窗户打开，想让狂风和雷电把自己带走，却没人理会他。而巴力人的寨子却像鬼城一样屹立在风雨之中，让少校不寒而栗，尽管塞丽纳说对面寨墙上不会有监控设施，但它真就没有吗？雨实在太大了，少校躺在床上，一次次体会闪电亮光后的那片漆黑，他产生了一种奇妙的感觉，那感觉——应该和胡力图躺在宿营地专心思考时的感觉一样。如果罗拉所说是真，那么那天胡力图感受到的，一定是一种空荡荡的充满死寂的绝望,他躺在那里,他的思维却在沿着绵延的铁丝网,在无垠的白色中深一脚浅一脚爬行,他的思维漫无目的地走着,寻找着,在一种几近停滞的缓慢中、艰难中,突然发生了顿悟。于是他找到了答案。此时的少校已经大汗淋淋,他为刚才听到的两个字感到心惊肉跳。唉呀呀……他必须提醒自己,这是不是正是塞丽纳秘密出现的原因,其实塞丽纳的真实身份可能是一名引导员,她负责把少校引向恐惧与绝望,然后让他引火自爆……哦,哦,哦,少校不敢想下去了,如果自己头脑清醒,哦,自己必须得清醒,他在想,这些事要不要向将军汇报。

少校无法再躺在床上了,因为只要他躺着,就会感觉有许多章鱼爪一样带有吸盘的蔓藤从床下爬上来。那些东西不仅控制他、捆绑他,还吸附他,他一方面感觉自己的身体在快速凝固,一方面又感觉像被抽空,他感觉自己的身体在变得如磐石般沉重的同时,又在变成一张轻盈干瘪的皮。少校跳下床,来到写字台前,一坐就是一整夜。

第二天天亮时,雨已全停,湛蓝色的天空中飘着白云。少校吃早餐时见到罗拉,他做的第一件事就是向罗拉询问到底有多少人手里有场部大门的钥匙。罗拉很自信地回答,除了她,只有叽叽嘎一个人有。怎么了,大人,昨天晚上有什么不对劲儿？有人进来了吗？见少校不答就说，昨天晚上的雨实在太大了，我长大这么大还没见过那么大的雨。

是啊，少校说，这就是哈斯卡尔乌斯图耶芙娜的特别吧，下那么大的雨，早上起来却消失得无影无踪。

是的！可是，大人，你怎么了，今天感觉你怪怪的，又是一夜没睡吧。

胡力图有没有和你说过一件可怕的事。

我倒是更想知道你昨天晚上到底遇到了什么，大人，叽叽嘎说你见到塞丽纳了，我以为那双凉鞋是她趁你不在溜进你宿舍里落下的，看来……昨天晚上是她来了，是吗？

是的，昨晚上我见到塞丽纳了，真的塞丽纳，千真万确。

当然是真的塞丽纳，难道你还能见到假的塞丽纳不成？罗拉笑了起来，甚至有点心不在焉。

少校很认真地对罗拉说，是塞丽纳，罗拉，不止一次。

罗拉歪着头说，大人，这个我信，因为自打你听说塞丽纳是哈斯卡尔乌斯图耶芙娜的第一美人后，你就渴望见她，你一直渴望见到她，尤其是只有你一个人的时候，于是你就真见到了她，是这样吧？可我才是离你最近最真实你最该放心的女人，大人，塞丽纳是比我年轻漂亮，但是作为头人的女儿,她说的话你敢相信吗?胡力图跟我说过塞丽纳这个女人的,她真的很可怕,表面上活泼单纯,但实际上内心阴着深着呢,你一旦陷进去,你就想想吧——那个演员。

少校没有接罗拉的话,看起来,罗拉确实没有塞丽纳知道的事情多。不过少校推断,塞丽纳的那些信息不一定全都来自胡力图,说不定有一部分是来自她的父亲帕特维希头人。可气的是,帕特维希一直不露面,难道是他故意要给少校留出足够的时间,等少校在没有他的打扰下收集全所有信息后,他再露面出来做个解释?可那是什么时候啊?是自己去魔鬼城堡面见胡力图的那一天吗?哎呀!少校感觉自己的头都要炸了,可是这些事与自己本来没有一点关系,自己何苦要这样!自己来这里看看,那就来看看嘛,然后认认真真写一本日记回去给将军交差不就行了,自己干吗要动这个脑子多这些嘴嘛!

早饭后,少校到院里散步。一夜大雨后让荒野上黑褐的碎石颜色更深了,阳光更加耀眼刺目,他多么希望自己真的就只是一名派驻干部啊,就像前任们那样,盖盖大棚,建栋办公楼,开放一个边贸市场,考核期一到拍屁股走人。怎么轮到自己,事情好像就不是这么回事了,自己竟然是国王钦点,可真正的任务却又不给明示,谁知道这里面到底隐藏着什么秘密呢——少校郁闷而愁容满面，本想给将军做汇报的电话也就不想打了。

过了一会儿，大门被推开，叽叽嘎和托托卡一前一后进来。与之前不同的是，他们两人都行色匆匆。他们向少校反映说，昨夜的大雨导致边界的防护设施损坏严重，他们已经向上级和相关部门做了汇报。这里的情况上级都知道了，但需要他们提供一份详细的书面材料。少校发现两人的表情很是奇怪，既有事情紧急引起的慌张，又有好事要来掩饰不住的喜悦，还有具体到这件事不知道如何是好的为难。他们向办公室跑去，少校跟在后面，问自己有什么可以帮忙。经过了这么多天，少校已经明白，其实他根本不需要提工作上的事，毕竟帕特维希是这里的一把手，只要他不出现，无论自己擅自做什么都有可能越权，或者——少校想，兴许帕特维希正是在等他越权，如果那样，帕特维希就有理由把哈镇所有的事都甩给少校了。不过，少校坚决不信帕特维希能一直躲下去，反正镇里事又不多，如果头人一直躲下去，那他就能一直等下去。

托托卡进到自己办公室，一边手忙脚乱打开电脑，一边叨叨着发牢骚。叽叽嘎在外边用力拍托托卡的门，叫他少发牢骚，抓紧时间干工作，无论如何都不能给哈斯卡尔乌斯图耶芙娜丢脸。少校再次强调，如果需要他帮忙尽可以说。有呢，有呢，怎么能叫"如果需要"，叽叽嘎说。接着他让上校先回办公室，等托托卡整理好材料，会请少校作为第一副镇长来把关。

约莫一小时后，两人拿着材料出现在少校办公室。托托卡嘟囔着说，如果上面追责，就把责任推到自己头上，因为这次上级还发脾气了，质问怎么会一下子损坏那么多设备。可是我哪里知道啊，好像是我命令老天爷刮风下雨一样，就算是我，我也认了，他们哪里知道这场雨对我们来说有多难得，他们爱骂就骂，爱训就训吧，反正我是替那些牛羊和花草高兴。

叽叽嘎用膝盖顶托托卡的大腿，问托托卡，你哪来这么多废话，赶紧把材料给第一副镇长。

少校接过材料，是两份，一份文字材料，另一份是损坏设备明细清单。少校自是不会认真看的，因为他知道叽叽嘎和托托卡让他看，只是礼节性地走一个过场。那份文字材料写得很好，不仅认识到位，逻辑清晰，而且文通字顺，佳句迭出，第一部分讲思想认识；第二部分强调镇的重视与科学部署；第三部分阐述考核机制与权责分工；第四部分讲追责和整改措施。第二份损坏设备汇总表也做到项目清晰数字明了。少校前前后后翻了两遍，很快就在托托卡期待的眼神中递给叽叽嘎，说，类似的工作我想你们也不是第一次应对。

是的，是有过几次。叽叽嘎承认。

那么以往怎么处理这次也怎么处理吧，我没有意见。少校说。

好的，上校。其实我们也能理解您，没有镇长的授权，您也不好发表意见，那我们就照章行事好了！叽叽嘎说。

两人出去，少校就笑了。毕竟有一个基本常识，那份文字材料有四千多字，就算放到一个老练的文书身上，至少也得需要两小时，可他们如此短的时间就写出来了，其中的秘密少校能没发现吗。不过少校什么也没有说。后来工作完成后，叽叽嘎和托托卡来向少校汇报，顺便请假，说他们得去现场拍一些照片。他们已经全副武装，带上了相机，实际上只是来知会少校一声。少校觉得自己也应该去，可没等他开口，两人便说，第一副镇长，您就在办公室留守吧，这个时候说不定上面会有新指示。叽叽嘎还给他挤眼，说，我的门就开着，如果有电话，您就帮着接一下。好吧，好吧！少校就规规矩矩地待在办公室，等待那个来自上级的电话。

那天上午，包括中午吃饭时，罗拉一直没有和少校说话，烦闷的心情既拉长了她的脸，也粘住了她的嘴。吃饭时，少校试探着问罗拉，她的这副尊容是不是因为塞丽纳。罗拉却说是因为昨夜的大雨。

罗拉说，我们这里是牧区，大人，你想想，一场大雨过后，到处绿草荫荫，成群的牛羊在低头吃草，牧羊犬摇着尾巴卧在自己身边，成群的孩子在草地上追逐打闹嬉戏，那时你可以躺在酥软的草地上，也可以放声唱起自己喜欢的歌，那是多么美好幸福啊，可是我，我现在……我在这里干什么。大人，如果胡力图要在，我们全家一准儿会去骑马兜风的，回来时我们每个人怀里都会捧上一大束花。大人，哈斯卡尔乌斯图耶芙娜真正的样子你还没有见到，你知道吗，罗拉继续说，还有独角兽，它今天一大早就开始拒绝吃草了，我知道它是因为闻到了新鲜的青草，可是我，哪里也去不了，家里有孩子有老人，这里有你。大人，如果你愿意的话，你就骑上独角兽出去疯一疯吧，独角兽都快憋疯了。

可是，独角兽会喜欢我吗？少校说。

当然会喜欢，有谁会不喜欢可以给他自由的人呢？骑上独角兽出去疯吧！哪有规定派驻干部必须待在这场部大院的，再说那两个家伙今天是不会回来了，大人，让独角兽带你去看看哈斯卡尔乌斯图耶芙娜迷人的另一面吧！

少校记得自己还真动心了。但他不能去冒这个险。

饭后,少校直接上楼回自己宿舍。谁知,也就是他上了个卫生间的工夫,就听到外面一阵急促的马蹄声冲进了场部大院。少校以为是桥头的独角兽脱缰了,也就没去理会。接着是一阵风风火火的跑步声踏着楼梯台阶上来,再接着是塞丽纳手拎马鞭气喘吁吁地出现在他面前。这次塞丽纳是一身印度姑娘薄薄的莎丽装扮,她不容分说地进来拉起少校就走。

少校记得自己一直在喊,你等等,你得先告诉我这是要去哪里,塞丽纳却依然是不管不顾。少校记得,他被塞丽纳拖下楼,一匹白马就在场部大院的旗杆下等着,塞丽纳先跳上马,又将少校拉到自己身后。那时,场部大门是大开的(居然开着)。在塞丽纳的低声指挥下,那匹白马尽管驮着两个人,却像箭一样冲出大门,跨过大桥,向寨子相反方向跑去了。

那天阳光特别清亮。少校记得自己还留心了一眼拴在桥头的独角兽,可是它,它,它居然变成了一匹白马,就像一夜大雨冲掉了它之前被染的颜色一样,可是这怎么可能?昨夜的雨那么大,罗拉根本不可能让一匹马淋在雨中。但眼前的一切都是真的,在从独角兽身边经过时,少校特意转了一下头,他发现独角兽已然通体白色,它额头处那片犄角状的白色却变成了黑色。少校在惊讶中再次陷入了一种不真实中,可他怀里的塞丽纳是真的,她的腰那么细软,那么肉质,那么令人想入非非。白马驮着他们一路向右,向上,逆风而行。少校问塞丽纳怎么会有场部大门的钥匙,按规定只有罗拉和叽叽嘎主任有的。塞丽纳呵呵呵笑,说,法律还规定你们男人只准娶一个女人呢,可是你们哪个做到了,我发现啊,贝金斯,你就是个笨蛋。他们一路风疾电掣,穿过沙丘,绕过山谷,最后冲上一道高坡。这时,迎面吹来的风扬起塞丽纳的衣裙和长发将少校包裹,他们立马坡顶,当少校从塞丽纳的裙子和长发里将头钻出来时,出现在他眼前的已是一马平川。一马平川的绿,特别像一条无边无际的绿地毯。从这里开始,他们再往前走时,马蹄就轻灵了,细碎了,因为它不想把脚下的美景踩破。

关于那个下午,少校后来在日记里做了如下描述:

眼前的景色实在太美了,那种美就像是从你的梦的深处而来。塞丽纳说,一天前这里还不是这样的,可是仅仅过了一夜,就为我们变成了这个样子。她让我闭上眼,我们一起去闻空气,我印象中那些遍地沙砾碎石的干燥不见了,有的只是清晨嫩草般湿润润的清新。塞丽纳将身体靠在我怀里,她把身体和发际里的香与草香融为一体,她说,她就是喜欢做波希米亚女郎，就是要做爱情国度里的女王。她说，她之所以带我来，就是要让我来看乌拉塔尔，来认识另一个塞丽纳，那个真正的她自己。是啊，乌拉塔尔很美，它已经在我们前面等上了，它弯弯曲曲，宛如少女柔美的身体，它清洌透明，犹如少女纯真无邪的眼睛，哦，塞丽纳长叹一口气，指着前方一片绿色平静的树林说，你看，就在那里，那里原本有几间破烂的砖房，可是乌拉塔尔怕你嫌弃，昨晚上它已经悄悄把它们清理掉了。

　　我和塞丽纳来到那片树林，那是一片胡杨林，到了，她却不下马，意思很明确，就是要我先下，然后去抱她。为此，我们还恍如谈判僵持了几秒钟，啊，如此幼稚却迷人的诱惑，我却只能被它攫取，服从于它，因为我内心里也很渴望那么做，因为我知道当我搂紧她的腰时，她就会搂住我的脖子，那时她的长发会自然垂下，会给我们营造一个无懈可击的安全空间，我不担心她会借机吻我，我只希望她不要一直纠缠下去。好在，塞丽纳什么都懂，似乎比我自己还懂我。于是我跳下马，伸手去搂她，她转身，弯腰，同时如瀑的长发垂了下来。一切如我的想象，我的心怦怦乱跳，我想她要抱紧我了，她的双臂会将我的脖颈缠绕，她的额头、眼睛、鼻子会相继贴到我脸上，她的唇，那两片饱满、红润、含水欲滴如雨中兰花花瓣的唇，会不容分说地寻找，它们会压到我的唇上，上帝呀——我该怎么办，我还要躲闪吗，还是水到渠成地顺应而上……我想我是脸红了，谁知道塞丽纳却只是将双手托在我肩上，轻轻用力，一个抬腿便跳下马来。她很自然地牵起我的手，我们朝一棵高大的胡杨树走去，美丽的乌拉塔尔河就在离那棵胡杨树几米开外的地方。我们来到树下，一起看着河面不宽的乌拉塔尔河，它静静缓缓地流着，水面上漂浮着无数只孩子的眼睛，它们一眨一眨，送给你的除了清凉，便是天真。我们手牵手站在那里，似乎自己也变成了孩子，我们享受着那份宁静，我们就像来到一个纯美净寂的世界。

塞丽纳跟我说，贝金斯，你知道吗，之前曾经有人向我父亲建议过，建议我们巴力人搬到其他地方去生活，可是那样——我是说，一旦离开哈斯卡尔乌斯图耶芙娜，巴力人很可能就再也没有办法放牧了。贝金斯，你能懂吗？我们搬走了，一走就是上百甚至上千公里，那么我们怎么还能再跑回来看一看乌拉塔尔河嘛！最关键的是，就算我们跑回来，乌拉塔尔河也不会等着我们，从此我们和乌拉塔尔就永远分处两个世界了。

塞丽纳去马背上拿来她早已备好的东西，樱桃、啤酒、小饼干和蜜饯，这些东西（在这里这种东西非常稀缺）我不知道她是怎么搞到的，但她就是搞到了。我们席地而坐，她靠在我身上。她说，我们巴力人其实对生活的要求很简单，巴力人永远都不想让机器的轰鸣声代替牧场马鸣牛叫的和美之声，更不想让恶心的柴汽油味代替自然的青草香，我们巴力人想要的只是温饱，以及温饱之后的平静和安宁。所以，贝金斯，我们不该拿自己对幸福的定义去评判别人的幸福，知道吗，这就是胡力图一定要写那些检举材料的根本原因。

我还是听得不大懂，塞丽纳。

你知道胡力图非那么干的最初原因吗？

应该是一次执勤吧，他在宿营地藏了酒，违反了规定。

你呀！塞丽纳伸手拧我耳朵，你怎么这么笨，怎么和托托卡、罗拉一样没头脑。那只是导火索，但不是真正的原因。真正的起因是胡力图和巴罗蒂娅奶奶的一次争吵，在争吵中，巴罗蒂娅意外激活了胡力图的内心。你一定听说过巴罗蒂娅很有智慧的说法吧。可我不这样认为，因为那些智慧只不过是她的一些人生经历。在那次争吵中巴罗蒂娅对胡力图说了一句非常要命的话，她说："有奶便是娘。"这句话说完，巴罗蒂娅倒没什么，可胡力图就半天说不上话来了。胡力图不是一个四肢发达头脑简单的家伙，他从这句话里想出了很多东西，后来才有了那件藏酒旷工的事。其实胡力图早就想这么干了，在他的那条腿还没有被狼咬断前就想了，直到在那一天，他得出了结论——就是昨天晚上雷电送给你的那两个字。

昨天晚上没有人送给我什么字，塞丽纳！

塞丽纳用身体轻轻撞我，骂我讨厌。她说，胡力图觉得自己悟到了真理——有奶便是娘。多震撼啊！他认为过去给巴力人奶的是牲畜。牲畜们是哈斯卡尔乌斯图耶芙娜的天与地，现在却换成了政府，巴力人是在靠政府给的奶活着，就是说自从有了这一口奶，巴力人就没有人再愿意去为生活拼搏了。胡力图说，勇敢的神鹰骑士可以消失，但巴力人的顽强斗志和生存技能不能消失。胡力图从来没有对我说过那两个字，那两个字是我猜出来的，因为胡力图为此感到羞耻。所以，我才说胡力图才是我们这里最后一个巴力人。

那么你呢？塞丽纳，你还是巴力人吗？

请叫我塞丽，贝金斯，就算不喜欢你也要叫我"塞丽"。塞丽纳做出一副生气的样子，丑丑的，但又招人喜欢。我不知道，贝金斯，我不想知道那么多，我也不管那么多，我只知道我想活出自己的样子。其实世界上没有谁能知道自己是什么样子，每个人只有别人定义你是什么人。可我偏偏不在乎别人的那个定义，反正我的目标只有一个，那就是你。

现在看来，实际上胡力图是想多了，他在杞人忧天。

但又没有办法。你看，我们谁能改变得了谁？塞丽纳抬起我的胳膊钻进我怀里，我连你都改变不了！

不过胡力图说的造假却是事实。

塞丽纳一个转身挣脱我站了起来。她绕到树后，把一只已经脱掉鞋的脚搁到我肩上（她的脚确实美，我真有去咬它一口的欲望），又把身体（尤其是两只乳房）压到我背上，她认认真真地说，你说他们不造假那他们怎么办？那些工作他们必须得完成。

有多少人知道这些事？我问塞丽纳。

我不是说过了嘛，应该是人人都知道，唉呀呀……我这是在干吗，塞丽纳扭动腰肢发起嗲来。她问我，贝金斯，难道你就不为乌拉塔尔动心吗？你们这些男人啊，别以为我不知道……她逼问我在坦克营时有没有和当地的姑娘发生过关系。我不回答，她就用牙咬我的耳朵和腮，就是那两排细细小小的白牙，然后恶作剧般地说自己是一只饥渴的小母狼，她伸出舌头舔我的脸，舔我的脖子，说闻到了令她流涎的肉香。

哦，老天啊，我真的在努力，我知道男人可以抵挡善良的女人、邪恶的女人、聪明的女人、肉质的女人、甜似蜜糖的女人、强硬的女人、胡搅蛮缠的女人、飞扬跋扈的女人、搔首弄姿的女人、哭哭啼啼的女人、悲悲戚戚的女人，但就是对付不了一个女妖。你对她生不起气，板不起脸，你可以骂她，将她推开，却奈何不了她，她天不怕地不怕，光天化日之下不顾羞耻。她望着你哧哧笑，眼神里翻腾着贪婪的浪花，嘴唇上闪耀着蜜糖的润滑，无论你多强悍、多不把她放在眼里，可你最终还是会被她俘获，因为她说的爱可能是恨，说的恨却可能是爱，她时时作假，但又有可能时时是真。

我尽可能装得正人君子，塞丽纳拿起樱桃自己咬一半又将另一半塞进我嘴里。她突然向前一蹿，从我头上跃了过去。我不知道她是在玩一种游戏，还是想扑到我怀里过了头，我的身体只是做了个过渡，她便落到草地上向河边滚去。她咯咯笑，像一个淘气的孩子在使坏，滚动之余她还不忘让我学她的样子，可我没有那份童心，即便我躺倒身体也不会有那样的欢快。因为我知道心处欢快时的人就会放松警惕，我不失时机地问她，胡力图做这些事是不是与那次暴乱有关。塞丽纳没有回答，她只是继续滚着。我想她会恰到好处地停在河边，然后坐起来和我说话。是啊，她真的滚到河边停了下来,但她并没有坐起来,而是面朝河水侧身躺着,她大声说,如果哪天她死了,她也要保持这样的姿势,然后问我什么是暴乱?就算是暴乱,那会造成多大影响?难道那件事后,巴力人就不爱哈斯卡尔乌斯图耶芙娜了,还是哈斯卡尔乌斯图耶芙娜从此就不要巴力人了?就那件事而言,不就是一次小小的误会嘛,过去就过去了。后来她问我,如果有一天我在边境亲眼看到她一脚踏过了国界线,我会一枪毙了她吗,会举报她吗。她说,我这样说吧,我左脚踩在我父亲脚上,右脚踩在我姑妈脚上,他们都是我的亲人,我该怎么办?塞丽纳从河里捡起一块石头砸我,一边说,发生那件事的时候,尽管我还小,但我知道,那是因为我们的一群羊越了境被对方扣住,对方向我们喊话,想要羊就自己过去赶,边防军当然不会让牧民过去,可是羊群又是牧民的命,结果你一言我一语牧民就和边防军动起手来,上面就给了一个"暴乱"的结论,但实际上只是当地牧民想要回自己的羊。

可是当时的真实情况是这样吗?

反正我听到的是这样。我姑妈帕拉芭丝就是在那时和我们分开的。架设铁丝网时,我和我父亲亲眼看到那条白线从我姑妈脚上画过。当然,这不能怪任何人,因为那是我姑妈的选择。但我不相信帕拉芭丝就此就不爱自己的哥哥了，贝金斯，就像莎曼和胡力图，莎曼一定反对胡力图，但能说她就不爱自己的哥哥吗？莎曼恨胡力图多管闲事，而我姑妈呢，她去恨什么，去恨谁，去恨那条从她脚上画过的白线？还是那些沿线架起的铁丝网？其实我很崇拜帕拉芭丝，她很勇敢，如果她在，她才是最合适的头人人选。

胡力图似乎对铁丝网很过敏，是不是那些铁丝网让他产生了某种错觉。

那我可不知道。塞丽纳说，我只知道他是真心爱脚下这片土地，尽管他的做法有点过激，欠考虑，但他对哈斯卡尔乌斯图耶芙娜、对巴力人的感情却是真的，我就觉得"真"是这个世界上最最最珍贵最最最美的东西，贝金斯，你赞同吗？看看我身边这条乌拉塔尔河，她所有的美不就是因为它的真嘛。你可以看到她，摸到她，可以体会到她的冷暖，可以尝到她的甘甜，来呀，贝金斯，过来！塞丽纳用手掬起一捧水自己喝了。见我没动静，塞丽纳就坐起来，她捡石子砸我，向我撩水，用手指勾我，甚至伸开双腿还掀起裙子，她骂我装，看着这样一个大美女自己却原地坐着就是一种野蛮，一种暴力，更是一种羞辱。可她哪里知道我是不想破坏她的美。河水泛出的阳光让塞丽纳浑身散发着光芒，她一眨一眨的眼帘每一下都把酥骨的柔情扇进我心里，她坏坏地噘嘴，生气地踢腿，又仰头向后恣意挑逗我，来嘛，傻瓜，过来，那种柔软润滑的声音像一条甜美的舌头一样舔你。可我就是不理她。她说，你是在逼我吗？贝金斯，你要知道我就是乌拉塔尔河。就在这时，我听到"哗"的一声。塞丽纳跳进河里了。我相信塞丽纳比我更了解乌拉塔尔，我不信乌拉塔尔会要塞丽纳的命。塞丽纳很快被水淹没，变成了水中一条逆水而上的鱼，她那细长的胳膊、长长的头发、粉红色的裙子却在顺水而下。我不知道她是否睁着眼，但我能看到一串一串的气泡浮出水面。我就坐在那里看着她，等着她，知道她憋不住的时候就会一跃而起，我要看她一边咳嗽一边将肚里的水吐出来的样子。可是没有。我不知道时间过了多久，也许很久，也许只是几分钟，水面上不再有气泡了，我开始一声又一声地叫"塞丽""塞丽"，我害怕了，无论她是不是在考验我，是不是在逼我，我都害怕了，我必须得跑过去救她。

跳入水里，我才知道河水并没有我想象得那么浅，河水竟然淹到了我的腰间，塞丽纳的衣裙早已被水浸湿，本来就薄纱一样现在变得更加透明。我弯腰，伸手，把手插到她的身下，河水让塞丽纳变沉了，当然也有她想把我拖入水中的可能,她可能想让我和她手牵手躺在水里一起享受河水从身上流过的感觉,享受那种爱的抚慰和情的亲吻,可是我必须得把她救起来。我用力从水中捞出塞丽纳,她的身体已经像一条断气的鳗鱼不再挣扎,她的脑袋自然下垂,像所有溺水者一样满身水往下流。我把脸贴在她身上,看到纱裙下那颗痣真的长在她肚脐左边,大小、颜色、形状和我的一模一样(她没有骗我),我又用力把脸贴近她的小腹,她私密地带暴露无遗,大腿根儿却没有什么文好的蝴蝶(胡力图是在说谎),这时她的身体像虫子一样扭动了起来,她伸手搂住我的脖子,一边左右甩动头发,一边狠狠亲我的脸。我能感觉到有凉凉的液体被甩到我脸上,但说不清是河水还是她的泪水。她喃喃着,语气异常沉重如拖着一块铅,她说她真的想死,如果这辈子不能死在我怀里,那就死在乌拉塔尔河水里,她再也不要过这种人不人鬼不鬼的生活了。不过,我感觉那时的她真的很开心。那些由她送给我的水滴,已经从我脸上流到嘴里了,我用舌头舔了舔它们,同时看着她满噙泪水的眼睛里的我。塞丽纳说,所有她对我说的话都是真的,请不要因为她是头人的女儿就怀疑她,为了让我相信她,她是可以做到像死了一样消失的,那样不论是帕特维希头人、哈镇的其他人,还是我对其有过承诺的将军,他们就再也找不到她了，因为没有人会去计较一个死人，一个不存在的人。

我知道这都是些傻话，却代表了塞丽纳的心。我想把塞丽纳抱上岸，她却在我怀里踢腾。她说，如果我不答应，就把她放回河里，既然不能和心爱的人在一起，就让她和自己喜欢的河在一起。可我和她说些什么呢，她太不懂现实了，不明白现实世界的复杂和可怕。从这个意义上讲，我能理解和体谅帕特维西头人，毕竟现实是泥沼，是漩涡，是风筒，是哈哈镜，你可以在里面大喊大叫，手舞足蹈，哭天喊地，嘲笑别人，可惜的是，没有一个人能从中真正看清自己，掌握自己。别相信那种自己的命运自己掌握的鬼话，因为连上帝都无法掌握自己。但是这些话我能跟塞丽纳说吗？就算说了又能有什么用？

我抱着塞丽纳回到胡杨树下。她想怎么怪我就怪吧！我总不能眼睁睁地看着她去死。瘫软的塞丽纳蜷曲在草地上，满身的委屈不让我靠近。好在她并没有真的生气，过了一会儿，她让我也躺下，我们就那样并排躺着，一言不发地仰望天空。后来她看着天上的云问我，知道她为什么喜欢躺在地上吗？那是因为当她躺在地上时就不用担心自己会再掉下去了。可我必须告诉她，其实在我们肉眼看不到的天上，很可能装有一只什么都能看得见的眼,也就是胡力图发现的那只眼。她说,那又怎么样(她总是这么不在乎)!我就是要他们看到,有本事他们就发一颗导弹来把我炸死。你怕死吗,贝金斯?我可不怕,现在我就是变成一堆土也愿意和你在一起。可是……我记得,我当时脑子里是一幅灰飞烟灭的画面,于是我紧紧抓住塞丽纳的手,害怕她的身体突然间就从我身边飞走。我说,不行,塞丽纳,我毕竟是一名军人,我是一名派驻干部。我不能像你那样可以只属于自己。其实这些话说不说都是多余,塞丽纳能不懂吗?仅凭我用力抓她的手她就全明白了。

太阳偏西天色变暗的时候,我们把该说的话都说完了,也说透了。最终,我们谁也说服不了谁,毕竟男女原本就是两种不同的动物。

塞丽纳只能送我回场部。路上,她依然紧紧靠着我,不时用手拧我的腿,拍我的脸,说她的"乌拉塔尔计划"在这个下午只是完成了一半。

那么另一半呢?我问她。

你是明知故问。难道你没发现我裙子里什么都没穿吗?我想在乌拉塔尔河边得到你的全部,最好还能得到一个你的孩子,哪怕就此以后你消失了或不再理我都无所谓。

我笑笑。我也只能笑一笑。我们骑马下山，原路回到场部大院。桥头上的独角兽依然在那里，依然白色。我担心遇到罗拉，好在我们行动迅速，罗拉正好也不在场部。塞丽纳放下我就走了，场部的大门也被重新锁上。这是多么重要特别的一个下午啊，我上楼回到宿舍，我得赶紧把这一切记下来，包括我的心理，我不会有任何隐瞒和删减的，因为作为一名军人，知道忠诚和信任有多重要，更何况，万一塞丽纳恰恰就是这一切的幕后操纵呢，莎曼校长不是说了嘛，塞丽纳想要一个可以解脱自己的孩子，而她正在为此寻找一个男人。

哦，在世俗的现实与想象的真实中，少校完全糊涂了。少校清楚地记得，自己在那天下午给胡力图初步下了结论。他认为胡力图确实在思想上出了问题，他不仅不切实际地用一种老旧的思想来扭曲现实，还把一些不相干的事件勾连在一起。他的想法可以理解为对这片土地的深厚感情，但他并没有站到更加宏阔的视野来看待问题。他坚信哈斯卡尔乌斯图耶芙娜是巴力人的哈斯卡尔乌斯图耶芙娜，但他没有认识到作为帝国的一部分，哈斯卡尔乌斯图耶芙娜更是帝国的哈斯卡尔乌斯图耶芙娜。既然是帝国的一部分，那么帝国就会通盘考虑，再说哈斯卡尔乌斯图耶芙娜毕竟上演过巴罗蒂娅奶奶营救开国元勋克鲁姆将军的故事。帝国绝不会让那些别有用心的敌对势力以它的贫穷来指责帝国忘恩负义。只是这些道理放到胡力图的立场上,他就无法接受了,他用偏狭的眼光看到了另一面。我的天啊!不就是做通一个人的思想,改变其看法吗,怎么会如此之难。现在看来,所有的问题都系在胡力图身上,看来——少校觉得,自己必须得去一趟魔鬼城堡了。

13

吃晚饭时罗拉的情绪依然不好。少校不便开口,就只是闷头用餐。后来罗拉无端端突然冲少校发起火来。她说自己这一整天都像个傻子一样往自己肚子里咽石头,她真是受够了,再这样下去,毁掉的就不光是自己,还会毁了孩子。

知道吗?罗拉将双手摊到少校面前不停地哆嗦,亢奋的声音里既有怒气又有悲伤。我怎么去跟孩子解释?今天一大早,孩子就问我他们的父亲何时才能回来,这么好的天他们想乌拉塔尔河一定有水了,他们想让父亲带他们去看河。可是,他们知道他们的父亲还在魔鬼城堡,孩子们虽然年龄小,但他们不傻,他们说无论父亲做错了什么,就算有病,那也总该有个治好的时候吧。可是我……我该怎么和孩子们解释呢,大人,你有文化有见识,你能告诉我怎么解释吗?之前我一直在对孩子们撒谎,可是今天我再也撒不下去了。我觉得自己浑身散发着臭味。我是个骗子。我觉得自己恶心。下午,我家儿子给我下了最后通牒,说他要辍学。大人,一开学,他就要去市里上中学了,那可是全市最好的寄宿学校,为了他能正常上学,帕特维希头人、魔鬼城堡的负责人,出面帮了我不少忙。可是这孩子突然说不干了,说变卦就变卦了,说自己不想以一个罪犯的儿子出现在同学们面前了。我跟他说,你父亲只是病了,是去接受心理治疗,不是罪犯。可是为什么半年、一年、两年,那么久都见不到父亲呢,孩子有孩子的看法,他不相信胡力图是在接受什么治疗,还扬言那个魔鬼城堡就是一所监狱。昨晚一夜大雨,对在这里的孩子来说比过年还高兴,可是我家那个小崽儿却在闷闷不乐,他一早就坐在门口发呆,然后什么也不说又趴到床上去哭。我问他怎么了,他只说想要父亲,可我去哪里给他弄个父亲。所以说,大人,无论如何你得把胡力图弄回来,哪怕为了孩子。

可是这件事确实很棘手。不过,孩子们的说法我能理解,因为在孩子们那里,总是泾渭分明,非黑即白,但是世界本身却是模糊的杂糅混沌的说不清的。孩子们总觉得一过去就是二，无论你怎么解释，他都无法接受一过去还有一点五、一点五五、一点五五五，哪怕就是一点九九九，离二的距离其实还很远。可是孩子们，有耐心听你这么解释吗？况且罗拉很可能也不会这样去做，反倒是她比孩子更没耐心。因此尽管少校对罗拉充满同情，但也知道帮不上忙。

于是他问罗拉孩子多大了？

罗拉说，十二，开学上初中，还有一个小的，四岁。

少校便安慰罗拉，坚持吧。

坚持是什么意思？你是说我再坚持撒谎，再编新的谎话？还是这件事我不用去管，任由孩子放弃学业，就像孩子说的，他要接替父亲挑起这个家，他再也不要做什么困难户的孩子了，也不要活在别人的施舍或同情中。唉，又一个胡力图马上要诞生了，大人你却要我坚持，一个胡力图不够要命，还需要来第二个折磨我吗？罗拉情绪激动。

我不是这个意思。少校看着罗拉，希望她冷静。我是想告诉你，有些事急不得，就像洪水来了，我们在做好自保的前提下只能等待时间，等洪水过去，河水变清变缓，然后水落石出。孩子一时想不通就像胡力图一时想不通一样，需要时间，等孩子长大，一切他都会明白的。少校进一步说，现在孩子需要的是时间，而胡力图需要的是空间，如果胡力图能到别处尤其是到发达的地区去看一看，我觉得要比他待在魔鬼城堡里接受治疗有效果。人在困境中，有时是需要换个环境的，环境一改思维大变，之前的认知也会相应改变了。

不会的，大人，胡力图不会离开哈斯卡尔乌斯图耶芙娜。他执拗得很，好像他一离开，哈斯卡尔乌斯图耶芙娜就会被人偷走。

是啊，他是成年人都那么固执。不过当务之急是孩子，罗拉，你还是让莎曼出面吧，在这方面她比我们有经验也更内行。

罗拉也只好接受这个建议。因为她知道孩子在这个时候辍学意味着什么。

罗拉走后，少校回到宿舍把没有写完的日记写完。外面天气不错，空中挂满澄亮的星星，少校努力还原前一天下午的场景，日记写完后，他把灯关掉，在黑暗中期盼塞丽纳的到来。塞丽纳真的应声而来，这次身上是一条更为柔薄更加水红的裙子，她双脚赤裸，在门口稍做停留后，一边浅浅地嫣然一笑，一边脱落衣裙。转眼间，塞丽纳已经赤身裸体了，她长发，领首，眼眸上挑，圆滑的肩膀还隐隐发光，谁知道她之前有没有学过芭蕾呢，但她抬脚、落步的动作优雅如一只天鹅。塞丽纳不在舞台上，但少校是她的观众（唯一的）。为了答谢她的观众，她微微开启双唇送他一个吻。

一个女人，漂亮是她的罪吗？少校在心里问自己，如果她真的美。可是谁能保证她的美是真的美？少校突然间发觉自己似乎中了某种蛊。他赶快睁开眼睛，罪恶啊！我这是在干什么，少校在心里骂自己，原来美才真正可怕，因为美才是吞噬世界的黑洞。奇怪的是，少校发现自己已经无法脱身，他的身体被牢牢地钉在床上，这让他不得不去欣赏塞丽纳的身体，同时他又知道，这种欣赏本身就是一种嘲讽。他又愤怒，又忧伤，他开始破口大骂，却又一声声叫着塞丽纳的名字，他骂她是哈斯卡尔乌斯图耶芙娜的婊子。

塞丽纳却似乎乐得接受，似乎他骂得越狠越毒，她就越能感受到他对她的爱。当然，她能体会贝金斯的痛苦，于是她隔着整个宇宙，却轻声细语地对贝金斯说，亲爱的，我的爱人，别再做别人的机器了，哪怕你不爱我，哪怕你只想从我的身体里得到一点肉欲，你也需要拿出勇气，要知道，你只有走出这一步，坦然接受我，你才会知道我的真实。

上帝呀，塞丽纳的身体已经完全控制了少校全部的眼睛，塞丽纳的声音塞满了少校所有的耳朵。少校无处可逃了，他只能提醒自己必须保持头脑清醒，罗拉说得对，不要忘记塞丽纳是帕特维希头人的女儿，塞丽纳再怎么单纯，她也是女妖，兴许她真的就那么天真，可谁能保证帕特维希头人不是恰恰利用了她的这份天真呢？"好小子，你把这个姑娘弄到床上，你试试！"这是两千多公里外将军的提醒。少校知道将军不是在吓唬他，也知道就算不遵守承诺真把塞丽纳放倒在床，将军也一定会睁一只眼闭一只眼，只是所有的问题在于，谁来保证或以什么样的方式来控制之后的事情呢？

少校嗵嗵嗵用拳捣床，塞丽纳却在床边笑，笑他是一只焦灼的大马猴，同时将她那藕节般的腿抬起，一条，接着是另一条，她要到床上了，塞丽纳动作缓慢，在她双腿蜷曲匍匐向前时，整个身体变成了一条光滑肉欲的河，它缓缓前行，将少校一点点包裹，那是塞丽纳的嘴吗？一种麻酥酥软绵绵湿润润的吮吸已经从少校的腿部开始……再不能这样下去了，少校必须抓住最后机会，因为他知道两个身体一旦结合就将无法分开，少校愤怒、痛苦、挣脱，拼出最后一次努力将已经四散的灵魂从身体各处聚积起来，他大声喊着"救命"，做出了摔跤场上变被动为主动的最后一搏。

正在这时，楼下传来场部大门打开的声音。少校大汗淋淋，满脸泪水，自然一丝不挂的塞丽纳早已没了身影，接着是楼下乱糟糟的嘈杂声。少校赶紧穿衣下楼。在门口处,他真的捡到一团红色的纱裙。少校赶紧收了它,当他再次跑到楼下时,看到的却是所有人奇怪的眼神,似乎大家都是应声而来的,他的"救命"声让大家不得不来。

——您怎么了,上校?

——是啊,怎么看像是哭过。

——还一脸的惊恐!

——没什么呀,睡前我刚看了一个小说,睡着后小说的情节出现在梦里了。

——哦,那情节一定非常吓人!

少校注意到,来人中,除了叽叽嘎、托托卡、罗拉外,还多了一个陌生的年轻人。那个年轻人一身风尘,有些腼腆,还礼节性地向少校点头。叽叽嘎给少校介绍,说这位年轻人是镇长助理,刚从夏牧场回来,叫伽洛。年轻人长得倒有几分排场,只是少校主动和他握手时,发现他的眼神是紧张的,好像害怕少校向他问什么问题一样。

大家就这么停顿了几分钟,托托卡在一旁开始跺脚了,一边低声嘟囔,这可怎么办,这可怎么办,这个时候帕特维希头人应该在场的。

你明明知道头人不在,竟然还说这种话。叽叽嘎冲托托卡发火。

托托卡说，可是之前我已经说过好几次头人不在了，头人去市医院看病了，头人去夏牧场了，头人去寻找塞丽纳了，头人去市里开会了，头人去……托托卡看一眼罗拉，我还说过头人去魔鬼城堡看胡力图了，可我今天偏偏昏了头，竟然说头人他就在镇上。

年轻的镇长助理伽洛接过话来说，托托卡主任，你说的没错，头人确实是在夏牧场，之前他是去过魔鬼城堡，我急急忙忙回来就是受头人委托。说完，镇长助理伽洛转头向少校解释说，第一副镇长，您一定得理解一下，您是不知道昨天晚上一场暴风雨给夏牧场带来了什么，所有牧民家损失惨重，头人在那里忙得不可开交，很多人家连毡房都被冲走了，我们真该到乌拉塔尔河边去看看，说不定在那里捡到的牲畜能够全镇人吃上一个冬天，因此头人放心不下寨子和场部，就让我回来看看，还好，还好，这里还算平安。

好个屁，伽洛，现在上面要得这么急，我们可怎么办？托托卡说。

伽洛，你不是说你一直和帕特维希头人在一起吗？少校插了一句问。

也不是一直，第一副镇长，我们只是最近一段时间在一起。年轻的镇长助理说,我回来时头人特地嘱咐让我替他向您道个歉。他病了,确实在市医院住了一段时间,然后决定去夏牧场,路上还拐道去了魔鬼城堡。头人真的很辛苦!

原来帕特维希镇长并没去找塞丽纳啊?少校问。

不,第一副镇长,头人去找了,这事大家都知道。但那是捎带,塞丽纳不是孩子,如果她不想让你找到,她就是在你眼皮下你也找不到。况且……伽洛脸上露出狡黠又诡异的表情,况且……据我所知,哎呀,这事我还是不说了。

是啊。叽叽嘎提醒伽洛,在事情没有证实前,你最好什么都别说。

我们还是先顾眼前吧!你们说怎么办?叽叽嘎瞪托托卡一眼,你这个笨蛋,总是给我们添乱。

少校问到底是什么事。

叽叽嘎说其实也没什么,就是市联防办要我们一张相片,一张帕特维希头人亲自主持紧急研究和部署应对边防设施损毁的会议相片。其实在这方面,上校您最有经验,您是军人,经历的突发事件多,就算没有实战,也有过类似的演习吧。

少校仿佛听出一点门道,很明显这又是这部长剧里的其中一幕,如果下午在乌拉塔尔河自己接受了塞丽纳,剧情的走势应该会是另外一个版本。少校直击重点，那么看起来，现在的重点是帕特维希头人不在这里，我们还得做出一张头人在场的相片，对吧？

在场的人面面相觑，互换眼色。

叽叽嘎说，好在他们要的只是相片。我是说，其实上面那些部门很少会看那些资料，反正这些资料是一级报一级嘛，等到了更更上级的上级，大概也因为报上来的资料太多，根本看不过来了。这几年，我算是看明白了，上校，他们要那些相片和视频，无非是想确认一下工作是否落实。

要求什么时候报？少校问。

明天一早，上校。他们老是这样，今天下班前通知你，第二天一上班就要看到东西。

罗拉本来站在最后边，现在她挤到前面来。大人，这些人说话从来就是这么费劲，实际情况你也看到了，现在我们能来的人都来了，上面要一张相片，那咱们给他们一张不就行了嘛。

可是我们……少校在人群中寻找着，莎曼校长呢？

她是不会来的，大人，她也不能来，她是老师，她必须得做到为人师表。罗拉说，总之，我们必须得弄一张相片出来。上校，现在的问题是弄不弄你来拍板。

罗拉这么一说少校就明白了。少校的脑子在像芯片一样运转，而他要问的不是自己，而是之前的三位派驻干部，要是换成他们今晚的事情该怎么办？但是如果自己也和他们一样，将军或国王为什么还要委派自己来呢？可是在这种情况下，如果自己断然拒绝，来个不管、不配合、不参与，那么接下来的事情就是不讲自己也很清楚，一部连续剧也就到此结束了，那么……少校想，宿舍写字台抽屉里的那本日记，往后还有的记吗？或者自己会不会也在某一天突然意外殉职？

所有人都等着，少校问罗拉，你说能来的人都来了，难道寨子里没有其他人了吗？除了莎曼，应该还有其他人吧？

罗拉说，现在是夏季，大人，刚才伽洛不是说了嘛，大家伙都在牧场，别看那么大一个寨子，实际上里面除了一群孩子，没几个大人，再说就算寨里有人，他们能来，也不可能都派上用场啊，这又不是什么光彩的事，我觉得还是知道的人越少越好吧！反正要在以前我是不会来，我今天来是考虑到你，大人……罗拉深情地看一眼少校说，哎呀，反正又不需要你负责，不就是一张相片嘛，大不了就说你不同意，是我们把你绑进去的。说罢，罗拉便上来拉少校。

少校突然就觉得之前可能看错罗拉了。不过，他还是被连拉带推带到楼道的顶头，也就是少校宿舍正下方的会议室。叽叽嘎利索地打开锁，一边说要是塞丽纳在就好了，随便找一张旧相片把镇长和第一副镇长放上去就行，可惜现在……少校问，怎么还有我，怎么还要把我放上去。叽叽嘎说，当然得放您啊，您是第一副镇长，这么重要的会您不可能不参加，而且用不了几天市里派驻干部管理局也会和您要同样的照片，大暴雨不仅毁了边防设施，也给牧民造成了灾情，镇政府如何应对，您和镇长怎么也得召集大家开个会吧。来，上校，哦，不，这时得称您第一副镇长，为了哈斯卡尔乌斯图耶芙娜，为了全体牧民，也为了您，叽叽嘎说，我们只能这么干了！叽叽嘎声音很大，空空的黑屋里全是他的回音。

　　托托卡在前面打开灯，眼前的景象差点儿没让少校晕倒，少校感觉自己就像来到一个剧院的道具房，椭圆形的会议桌摆在屋子中央，桌上麦克风、茶杯、座签应有尽有，令人震惊的是帕特维希头人、塞丽纳，以及其他部门负责人都已经坐在各自位置上。少校几次挤眼定神，集中精力才看清那些人并不是真人，而是喷绘。叽叽嘎并没有对此向少校做解释，只是拉开帕特维希头人左边的椅子招呼少校过去，那是第一副镇长的座位。罗拉从后面将少校推过去，一边低声跟少校说，去吧，我们只能这样了，大人，我们现在是人在屋檐下不得不低头，其实谁愿意这样干呢，可是没有办法，你就委屈一下自己吧，就算为自己，否则……我是说，大人你以后还要开展工作，你不可能只在这里每天游手好闲地干住着，你需要他们，我知道你来这里是为工作，就算你为工作，你也需要他们，大人，再说这就是工作。这时，叽叽嘎、托托卡和伽洛已经坐下，加上那些人物喷绘，会议桌周围就满满当当围成一圈了。叽叽嘎把相机递给罗拉，让她站到对面去，又嘱咐罗拉要在托托卡正向头人汇报时摁下快门。少校一直在那里怀疑，这么干能行吗，万一上面看出了破绽可怎么办。但相机的快门已经摁下，连拍几张后，一项任务就这么完成了。大家散去，少校却一直怔怔坐在原地，最后是罗拉过来把他拉出了会议室。

这也太滑稽了吧！大概只有三岁的小孩才会玩这种游戏。其他人都去叽叽嘎办公室了，他们得把相机里的相片导到电脑里。罗拉挽着少校的胳膊送少校回到宿舍。少校毫不忌讳地跟罗拉说，这也太假了吧，还能这么干？

是啊，大人，今晚你领教了吧！你这就能理解胡力图了吧！这还仅仅是一张相片，那么还有其他呢？那些数字，那些实打实的钱。不过，大人，即便你今天晚上听了他们的，和他们一起拍了相片，但我也不信你是笨蛋，你相信上级就那么急要一张相片吗？兴许根本就没有要相片这回事，他们只不过是在借机逼你就范，大人，你等着吧，一切都才刚刚开始。只是……大人，你就承认了吧，你绝不是一名简简单单的派驻干部，你是来调查胡力图和那些检举信的，对吧？事情到今天我也不管了，既然我信你，那我就说吧。大人，其实胡力图发现的秘密远不是造假这么简单，如果仅仅是造假，他也用不着那样，他的本意是想搞清楚其中到底怎么回事，难道下面人做的这一切上面的人就看不到？可是他们连雪地里扔一个酒瓶子都能发现，这里边到底隐藏着什么秘密呢？他们这些人的做法到底是自作聪明欺下瞒上，还是本来就是上面的某种授意呢？

罗拉，你想告诉我什么？

大人，哈斯卡尔乌斯图耶芙娜除了牧草与牲畜什么都没有，可是派来的干部却没有一个是搞畜牧业的，这不奇怪吗？到你这里，竟然还派了一个开坦克的，难道是想让巴力人把牲畜当坦克用吗？这还是次要，最主要的是胡力图发现，牧民们的牲畜数在逐年减少，他们可以自给自足和用来交换的东西在快速减少，而对钱的依赖却变得越来越严重。最可怕的是，在没有任何资源或现有资源无法发挥效用的情况下，巴力人正在把贫穷当成资源。大人，你懂吗？这才是胡力图说的巴力人的退化，他们正在变懒，变成酒鬼，他们不想吃苦，还一点儿不为自己向政府伸手要钱感到羞耻。巴力人不仅在失去生存技能，还在失去羞耻感。大人，如果有一天，当他们伸出去的手要不回来东西时可怎么办？就像胡力图说的，如果有一天边境不再需要巡逻，已经不想放牧或无法适应放牧生活的巴力人靠什么生活？他们是帝国的公民，这点固然不假，帝国不会抛下他们不管，但是作为巴力人，难道就不能自食其力吗！这就是胡力图的困惑，大人，胡力图是一个正常人，一条汉子，他就是想不通，可是没有人给过他一个答案。所以他胡闹，犯浑，并不是逞英雄，他写检举材料只不过是一种手段，大人，胡力图心里苦啊，他在忍受那种有一万个问题却没有一个人给你答案的折磨，就像一个优秀的拳击手对着空气出拳，没有人理解他，大人，人人都把他当成了灾祸。

少校记得，后来叽叽嘎在楼下叫罗拉，他也跟下去了，他礼节性地问叽叽嘎相片处理的情况。那位年轻的镇长助理伽洛似乎一直在找机会想靠近少校，但每次都碍于叽叽嘎和托托卡在场便没有开口。他们一帮人相跟着离开了。当然依旧会把大门锁上。少校听到叽叽嘎一边走一边还嘱咐伽洛，你明天就赶紧回夏牧场吧，这里有我们呢，你叫头人放心。

那一夜星空浩瀚。少校独自站在场部院里想喊、想叫，想哭，想砸东西，他几次弯腰，自然一无所获，最后他只能脱下自己的鞋向大门砸去。少校受不了了，觉得自己就像一具死尸，还被蘸了水胶的麻皮层层缠裹，他把另一只鞋也脱掉，他用脚趾头抠着门缝爬上大门，他要过桥，他觉得自己只要走到桥头就是胜利。在这个过程中，他强烈地预感到，那些巴力人手中一定有一个剧本——他还试着猜想，谁敢保证胡力图不是剧本里的一个角色呢？包括自己，自己本来是想追究剧本的真相，不想却已经成为剧本里的一个角色。可是剧本的编剧到底是谁呢——那么，那么，那么自己在日记本上所记录的一切，依然只是表象。少校翻过铁门，又顺着门缝跳下来，门太高了，落地后两脚生疼。可他顾不了那么多了，奇怪的是，之前的异象再次重现，无论他如何卖力，如何拼命，他就是过不了那座桥，就像一个人在跑步机上，无论他跑出多少公里，但他的身体却依然原地不动。最后，少校跪到桥上，呜呜地哭了。

14

  第二天,少校不出所料地病了。他浑身颤抖地躺在床上,发现自己看一眼顶棚,顶棚就变成了镜子,看一眼墙壁,墙壁就变成了镜子,原来自己已经躺在了一个棱角分明却异常寒冷的水晶宫里。这让少校在无数个自己中辨认不清哪一个是真正的自己。真是悲哀啊,少校突然想,还不如就此一死了之。因此,本来三两天就能好的病,少校却让它硬是拖了十天。

  少校记得,在那十天里,能来的人都来看他了。尤其是那位年轻的镇长助理伽洛,他是在三天头上来的,少校刚刚感觉舒服了一些,身体不再发冷,体温也趋于正常,这位年轻的镇长助理神秘兮兮偷偷摸摸地把塞丽纳的事讲给少校后,少校的病突然就又加重了。少校也是在那个时候想到死的,可是,死神却像知道他还没有完成任务一样不带他走。后来少校知道自己不可能轻易死了,便又重新打起精神来,只是我们的少校,看上去已经无异于一根木头了。

  咱们还是从开头说吧。少校记得,就在摆拍完那张相片后的第二天早上,狠狠睡了一夜的他,醒来时就感觉双脚疼痛头脑发晕了。早饭时间到了,罗拉不见他人影便来宿舍叫他。罗拉进门见少校没有起床,把手放到他额头上,惊恐地说,坏了,大人一定是被吓倒了。而少校猜自己应该是在乌拉塔尔河里救塞丽纳时受了凉。罗拉坐下来,显得还很开心,说少校这是闲来无事被寂寞害的,这人啊,都犯贱,以前自己天天伺候胡力图时心里不舒服,可这胡力图不在,很长时间没个男人伺候反倒想念那些伺候男人的日子。罗拉把手伸进少校的被窝,说少校问题不大,只要让她给他刷一刷身体,他的身体放松放松,活络一下筋脉就好了。可是那时少校连睁一下眼皮的力气都没有了,罗拉说,少校这是太紧张了,就算一张弓长时间绷着弦也得出问题。罗拉用热毛巾给少校擦身,给他洗汗湿了的内衣。罗拉早上天不亮就来,晚上很晚才离开,一整天她都细心伺候着少校。

少校病倒的消息不胫而走。最先跑来的是莎曼校长,还带来了巴罗蒂娅奶奶亲手调制的秘方汤药。接着是叽叽嘎、托托卡。一天上午,年轻的镇长助理来了,他贼头鬼脸,像被人盯梢一样走进少校宿舍,他习惯性地挤眼,用手摸鼻子,但还是缓解不了自己内心的紧张。

他说,第一副镇长,我必须得返回夏牧场了,但是有一件事在我走之前必须告诉您。

少校强打精神披着被子坐起来,问年轻的镇长助理夏牧场远吗?

镇长助理说,在哈镇西北九十多公里的地方,那里有雪山、河流,草料丰茂。

既然这样,那就抓紧时间说说你要说的事吧。少校说。

其实这件事,我就是现在也吃不准该不该说。

胡力图的事?

镇长助理摇摇头。

那个演员干部的死?

镇长助理摇摇头,再一次犹豫后,才低声说,是塞丽纳。

塞丽纳?塞丽纳怎么了?少校问。

年轻的镇长助理立刻紧张起来,五官因为抽搐而变了形,第一副镇长,我坚信是真的,因为是我亲眼所见。

你看到了什么?

塞丽纳死了,第一副镇长,就在一个月前。

这怎么可能?少校简直想笑。

年轻的镇长助理便慢慢讲述起来。他说,一个月前他亲眼看到塞丽纳的尸体被挂在边界的铁丝网上,塞丽纳面部朝下,脸上没有一丝痛苦,那种平静就像只是不小心被小蜜蜂蜇了一下。（这怎么可能？少校心想，他马上想到那些细小的铁刺扎进了塞丽纳的身体，就像《战马》里的乔伊，可是即便如此，也不应该要了塞丽纳的命呀。）年轻的镇长助理接着说，按理说，那些铁刺不应该要人命的，塞丽纳一定是被铁刺钩住了，但她却没有一点挣扎的迹象。不过，我们的塞丽纳还是那么美，似乎还隐隐地带着微笑。真是太奇怪了，太奇怪了！年轻的镇长助理说，我查看了周围，只在旁边发现了一根长长的撑杆，就是跳高运动员手里拿着的那种撑杆，还有……年轻的镇长助理马上露出一种难受到想吐的表情，塞丽纳的耳朵里、嘴里、鼻孔里爬满了肉蛆，那些肉蛆爬出来，有的都掉到了地上。

少校立刻让助理打住，用极其严肃的口气逼问助理，这些都是你亲眼所见？

是的，第一副镇长，如果我说谎，天打五雷轰。

如果是恶作剧呢？

恶作剧？助理问，我吗？我才没那份闲情。哦，您是说塞丽纳，但是这样的恶作剧实在不可能啊！那个地方倒是离她姑妈帕拉芭丝家很近，她很可能每次过去回来都是借助撑杆跳过铁丝网，难道她就不会有一次失手？再说了，她已经生那么多肉蛆了，真是恶心。

可我还是不信。

是的,我也不信,可是这都是我亲眼所见。

为什么,我是说你为什么不信?

你想想看,第一副镇长,一具尸体挂在铁丝网上,天上却没有一只老鹰,一只都没有,这不正常,除非那是个橡皮人。可是那些肉蛆却是活的,还有塞丽纳,塞丽纳的表情。

你确定是塞丽纳吗?

这个我敢保证,第一副镇长,她的头发被风吹乱了,我还用棍子挑起来看了看。

可是联防队为什么没有发现?还有那些摄像头。

是啊,是啊,是啊,这也是我无法说服自己的地方。年轻的镇长助理也对自己说过的话产生了怀疑。他说,所以我才犹豫要不要来告诉您。

少校当然得向对方表示感谢,但是无论这个消息是真是假,少校还是被击倒了,单就塞丽纳被挂在铁丝网上的画面就可以让他无力回击。他一方面努力推翻,一方面又不断肯定,因为以塞丽纳的聪明她不会犯那么低级的错,但又担心塞丽纳用笑掩盖了痛苦,一时冲动真用自己的死来换取在他心里的生。少校的心乱作一团,默默地呼唤塞丽纳的名字,又为她祈祷,塞丽纳说得对,她就是他到哈斯卡尔乌斯图耶芙娜唯一的收获。如果没有她,他真不知道往后的日子怎么过。少校害怕从此以后再也见不到塞丽纳,这种害怕让少校身体里的每一个细胞都在抽搐,然后因伤心过度窒息而死,难道这就是自己想要的胜利?难道这就是自己对承诺的践行?少校蒙头大哭,满脑子全是塞丽纳那轻纱曼妙的身影。

　　后来莎曼校长又来了一次。她来看看巴罗蒂娅奶奶的草药汤是否见效,顺便和少校小坐了一会儿。这次她直接说其实不希望少校到学校给孩子们讲那种关于枪枪炮炮的课,又说在胡力图的问题上,她不希望自己的哥哥回来,她的观点是胡力图这个人完了,如果他的思想之门打不开,再一根筋下去,只能在"宁折不弯"的逞强中毁了自己。莎曼说,其实大家活在这个世界上,谁比谁能傻多少呢,有些事真的只能说不能做,但也有一些事只能做不能说,可是在我哥眼里,仿佛全世界的人都是傻瓜,只有他一个人聪明,仿佛全世界的人都是龌龊小人,只有他伟大高尚。说白了,他才是这个世界上真正的大傻瓜。镇长您说,把哈斯卡尔乌斯图耶芙娜搞个鸡犬不宁对谁有好处,对他?对家里?对头人?对派驻干部?对上面各级部门?所以啊,在我哥的事情上,我也劝您别为他操心了,别到最后像那位演员一样,让自己脱不了身!

你刚才说的可是那位演员派驻干部？

是啊，我哥天天找人家，非让人家给他一个说法。可是一个演员能给他什么说法呢，演员只会演戏，而且他当时无可救药地爱上了塞丽纳。

听说演员让大伙儿排什么戏？

是的，排过一段时间。他不是演员嘛，就特别看重文化，他还以挖掘巴力文化的名义申请来不少资金，他经常让塞丽纳带他去找老人们唱歌，搞什么抢救性资料录制。我记得场部办公楼落成的那个月，演员还拉来一个戏剧团演出。那些演员真不容易，原本生活在南方，一下子来到咱们这种地方，脸都被吹干了，嘴唇都爆了皮，有几个还没登台就吸起了氧。那次演出阵势很大，楼顶和院墙上都架起了碘钨灯，把晚上的场部大院照得和白天一样。牧民们能来的也都来了，大家席地而坐，可是整台戏自始至终没有一个人能看懂。因为看不懂，牧民们就在台下交头接耳，结果害得帕特维希头人挤进人群挨个儿做工作，低声告诉大家，等演出结束每人可以领到一百索耳的报酬。听我哥说，那个演员从此就情绪低落了，总是无端由地说"无聊""没意思"之类的话，我哥不明白这些话的意思，还以为是指他和塞丽纳的关系，因为头人不许塞丽纳和他来往，他却对塞丽纳一往情深。他说如果塞丽纳同意嫁给他,他可以放弃自己的事业留在这里,可是塞丽纳从不答应,还用"她就是嫁给一匹公马,也不会嫁给一个'女人'"的话刺激他。所以我怀疑,他的那次意外不是意外,而是他自己从桥上跳下去的,他是殉情。唉,这就是爱情的伟大,可以让人生,也可以让人死。

你是说他是自杀?

当然了,镇长,不然会是什么呢?您不会认为是凶杀吧,犯不着吧,即便他有本事把塞丽纳搞到手,最有可能和他发生冲突的人也是头人,但我们的头人帕特维希很能掌控局面,他是不会让这种事情发生的,即便到了关键时刻,就是牺牲自己的女儿,也不会让这种有损大局的事情发生。

那么上级呢?这么多年上级就没有来检查过吗?我是说检查这里的工作。

怎么会没有,只是咱们这种地方,外边的人来看一看就吓到了,这种地方能活人就不错了,多少干点工作就该表扬才对。

谢谢你,莎曼校长。

不用谢我,镇长,我只是想冷静地和您聊天。我不知道您会在这里待多久,但我不希望您被乱麻缠身,其实很多事情理顺了就没那么复杂了。我经常开导我哥，一个人说真话有什么难，一个人说谎或明明知道违心还必须说谎那才难！我哥就骂我，包括罗拉，他们说我上大学把脑袋上坏了。我没有办法和他们沟通，但我相信，您懂我的意思。

胡力图在魔鬼城堡过得怎么样？他愿意待在那里吗？

他怎么可能愿意待在那里呢，莎曼说，他在哪儿都不安分，所以在那里他是最难管的病人。莎曼笑笑，可能每个人心里都有一种英雄情结吧，只要他特立独行与众不同还有几分坚强就会有人崇拜。因为几进几出，胡力图在魔鬼城堡已经是常客了，看守和医生都换几茬了，他倒是一直没换。他的故事在魔鬼城堡里就像巴罗蒂娅奶奶和克鲁姆将军的故事一样人人皆知，只不过是反面教材，最起码新医生在老医生那里听到的是，"一定得注意那家伙，可别被他的一时表现蒙蔽了。""他是个顽抗分子，真不知道他的脖子上长的是一颗人的脑袋还是石头。"不过，一般情况下，胡力图不会无理取闹，他干活也从不偷懒，只是一涉及检举的事，他就犯浑。他说在没有人说服他之前，只要不把他拉出去枪毙，拖到荒漠里挖坑活埋，只要他有一口气就还是要写。医生们很是头疼，轮番给他讲道理，希望他能配合治疗，可他只是表面服从，背后却在反抗，因为那些道理解答不了他的问题，因为他有他自己的一套理论。胡力图还把他的理论讲给看守，又把自己脖子上的狼牙项链和假腿露出来给看守看，他给看守讲自己追杀母狼的故事，故事听到结尾，看守微微低下头，又把眼闭上，再抬起来时就对胡力图说自己知道魔鬼城堡哪里有个洞可以让胡力图逃出去。胡力图为之感动，握住看守的手和看守称兄道弟，可是那个看守太年轻了，很像年轻时的自己，胡力图说，逃跑对他来说根本不是问题，他的问题是自己逃出去还能去哪里，回家？可那只能看看孩子、亲亲女人，再去给奶奶磕个头，然后呢？还得逃，他当然可以骑上独角兽跑向荒漠深处，可那是一种惜命自怜的懦弱表现，他才不会那样呢！看守听懂了胡力图的话，但他真心想帮胡力图。于是，看守们就成了胡力图的兄弟，他们帮他往外寄信。

结果呢？那些信有结果吗？少校问。

我不知道。其实也没人知道。不过，我觉得那些信件依然是石沉大海。

这里面到底哪个环节出了问题。我是说那些信……这么多年了，为什么没有回音。

以我的判断，那些信件应该到了该到的地方。只是胡力图的问题没有人能回答。莎曼说到这里停顿了，她暗暗地打量少校的脸。

莎曼校长,如果有可能,就算从派驻干部的角度,我也应该帮一帮胡力图。

可是怎么帮?莎曼苦笑着,除非您能给他换个脑袋。

我还是去一趟魔鬼城堡吧,我得见到他本人。

患病的那几天,少校的睡眠出奇地好。每天睡觉前,少校还要为到魔鬼城堡见胡力图打一打腹稿,当然,也会想到塞丽纳,因为他不相信塞丽纳真的死了,尤其还是死在一个月前。

就在少校痊愈的前一晚上,塞丽纳出现了,但那却是塞丽纳看上去最为正常的一次。塞丽纳开门进来,一袭红裙,当时屋里的灯亮着,全亮,少校压制着内心的喜悦,看着塞丽纳走到写字台前侧身翻动上面的东西——几本书、一个茶杯、几张白纸,还有那本日记。少校特别希望塞丽纳能打开那本日记,看看那些关于她的文字。塞丽纳却没有那样做。塞丽纳只轻轻转身,静静地站在那里,给了少校一个悬而未决的侧影。她说,这是她最后一次来见少校,如果不是顾念少校的感受其实她可以不来。少校为此害怕,担心面前站着的人不是塞丽纳,而是她的替身。塞丽纳接着说,自己作为头人的独生女,从小娇生惯养,我行我素惯了,自私而固执，请少校原谅她这段时间以来对少校的冒犯之举。

不过，贝金斯少校（如此正式），你一定要相信，我是一个善良的姑娘，当然你也是善良的，包括叽叽嘎、托托卡、罗拉，我们所有人都是善良的，我们大家所做的一切都是善良的，如果我们之间有什么误会，哪怕是仇恨，也都是善良的结果。塞丽纳平静地说，贝金斯少校，如果你要说巴力人爱牛、爱羊、爱马、爱骆驼、爱这片荒漠之地，我承认，但你要说巴力人爱钱想偷懒，那我不信。还有你的纪律，你的使命，其实巴力人才不管呢，但是我们巴力人能理解你，所以我父亲才对镇上所有女人下令，不准她们和派驻干部发生关系，你知道是为什么吗？不是巴力女人不可以和派驻干部有关系，而是为了保护派驻干部回去不受处分。塞丽纳说，可是贝金斯少校，我是真心爱你啊。我曾经和我父亲建议过，由我来照顾你，可是我父亲就是不同意，他说那样会毁了你。

我能理解你父亲，塞丽，少校语气异常亲切。

我怎么就毁了你了嘛，你大不了退役，被开除，我离开哈斯卡尔乌斯图耶芙娜，我们远走高飞，贝金斯少校，为了爱，我们不值得吗？！

可是世界上的事不仅仅是爱那么简单。

塞丽纳就不说话了。她摆弄着少校的杯子，端起来喝了杯里仅有的一点水。少校赶紧说那是他的杯子，他正在生病。塞丽纳说，那有什么，她都愿意为少校去死。接着她问少校，如果你爱一个人，会在乎她的死活吗？然后她又觉得表述不够准确，便更正，她说的死活不是一个人的安危，而是她的状态，譬如那些受人崇拜的女人，即使她们死了，变成想象，但还是有那么多男人爱着。塞丽纳慢慢转过身来却不看少校，我在你心里有可能会像她们吗？

你在说什么呀！少校挪动着身体，努力想下床。

你别这样，贝金斯少校，我再不会让你靠近我了，就是你现在决定让我留下，实现我那个愚蠢的想法我也不许自己那样。之前，我认为你是胆小鬼，兴许那恰恰是你的勇敢。现在我懂了，贝金斯少校，冲破一些规矩，道破一点秘密那有什么厉害，一个人的厉害之处是他能战胜自己的欲望。在乌拉塔尔河的那个下午，我就发现你的欲望了，贝金斯少校，你舔了你的嘴，又将头埋进我怀里，这和做爱有什么区别？我真是傻啊，难道做爱就非得是下半身的接触吗？你已经进入我的身体了，这种感觉比你的肉体进来还要真实，贝金斯少校，你是个善良的人，我也是，我们都不会伤害对方，哪怕为了爱，那些派驻干部同样也是，他们来这里当然是为了帮助我们，我们当然感谢他们，无论我们是否真的需要帮助，我们也不能让帮助我们的人失望。

可是胡力图不这么认为。

那是他的事。那是因为他没有看到这份善良，贝金斯少校，有时候善会藏在恶的包裹里，你可以骂它恶，但它从不争辩。谁知道呢！好了，贝金斯少校，我就是来看看你，我不想让你伤心，我这就走，贝金斯少校，永远地走了……塞丽纳落下了眼泪，真正的眼泪。

然后呢？

然后就没有然后了。塞丽纳仰起头既妩媚又痛苦地冲少校笑，你就当我死了吧，从此你会重归安宁。

然后塞丽纳就真走了，坚决地连到床边和少校握一下手都没有。

第二天少校的病就全好了。他看上去神清气爽，但只有他知道自己产生了如塞丽纳一样云一般的轻盈之感。半上午时邮差来了，还是那个小伙儿，带来了报纸、文件和替牧民们买的小玩意，同时给少校带来一个消息，胡力图很想见少校，他希望少校能去看他。

胡力图没说什么时候吗？

他说看您的方便。

那么现在呢?少校说。

什么现在?邮差被少校问蒙了。您说什么呢?您是想问我胡力图现在的情况?他现在好着呢,能吃能喝能睡觉。

我是说,我现在就去见他如何?上次你说,你离开哈镇不是返回市里,而是去魔鬼城堡。

这次也是,这是规定好的路线。

正好可以把我捎过去,你看你把邮件卸到这里,然后把我装上,如果觉得超重,油费我出。

油不是什么问题。邮差露出几分难色,可是您是这里的第一副镇长。

那有什么关系,反正今天是周六,明天天黑前我就可以返回来,我可以给罗拉留个纸条,她会保守秘密的,她也想让我去见一见胡力图。

那好吧,既然您决定了。

少校记得,他将邮件搬回宿舍,给罗拉留了便条(怕罗拉看不懂,还草草画了一个简图),特意带上自己的日记本,在邮差的帮助下翻出大门,就上路了。

少校记得那辆摩托车声音很大,马力也足,只是"呜"的一声便冲过了那座桥。

摩托车在荒漠中飞驰,两个人迎风聊天,少校向邮差问起那位演员的死。邮差说据他了解是因为几只蝗虫，哈斯卡尔乌斯图耶芙娜之前发生过虫灾，但那次不是，那次只不过是一小群蝗虫，不知道是从哪里飞来的，当时那位演员正站在桥上，他手忙脚乱对付那群蝗虫，结果不小心摔下了桥。

那么塞丽纳呢？少校问，她可是哈斯卡尔乌斯图耶芙娜最美的女人，还是头人的女儿。

邮差听后便哈哈哈大笑，说塞丽纳确实漂亮，她是个野丫头，成天给她父亲找麻烦，动不动就玩失踪。您是知道的，这里的口岸早关了，如果上面发现这件事，帕特维希得担多大的责任，说不定得被抓起来判刑。

少校就不理解了。他想，附近不是有驻防部队吗？镇里还有专门的联防队，还有那些全开着的监控头，怎么还能让一个姑娘在国界线上跑来跑去呢？不过少校最终也没有把这些问题向邮差问出来。

少校记得他一直紧紧搂着邮差的腰，呼呼的风从他耳边刮过。摩托车的速度实在太快了，太过瘾了，少校还大声问邮差，现在是多少迈。

年轻的邮差说，一百八。不过光我一个人的时候，会跑二百。

15

——贝金斯……贝金斯少校……

——贝金斯少校，贝金斯少校……

——贝金斯少校……贝金斯。

声音高一声，低一声，像两位芭蕾舞演员一样手挽手跑进少校的耳廓。

少校则透过对面的窗户玻璃看到有两个人站在自己的床边。

——别装了，老兄，别装了。

我装？我有什么要装？我干吗要装？少校清楚地记得，当时的场面太隆重了，平易近人的国王根本不像坊间传说的那样，发表完祝酒词后，国王端着葡萄酒由将军相陪走到席间看望大家，那是一个什么酒会，少校记不起来了，好像是迎送酒会，又好像是庆功宴，国王来到少校身边和少校握手，少校身上的军装提醒了国王少校的级别，国王说少校在基层工作辛苦了。少校背语录似的说，国王辛苦了，我能为帝国做贡献是我的荣幸。将军则在旁边满意地微笑……

——贝金斯，贝金斯……

——少校……少校。

——你看这家伙睡得多舒坦！我们怎么才能把他叫醒！

少校心想，那不是废话吗，谁不知道睡觉舒坦，尤其还不是躺在哈斯卡尔乌斯图耶芙娜的宿舍里，尤其是再不用惦记那本该死的日记了。少校记得，将军在陪完国王后又独自回来看望大家，他专门走到少校面前轻拍少校的胳膊，那种不言而喻的厚望如同一位父亲面对即将成人的儿子。将军说，好样的，贝金斯。少校却感觉云里雾里，他说，难道是我们的国王他……不等他说完，将军便低声对他说，国王最近心情可好呢，听说之前他梦过几次关于马的梦，他在梦里看到成群的骏马从荒漠深处声势浩大地跑出来，要知道那可不是普通的马，而是训练有素的战马，那些马嘶鸣、奔腾、充满杀气，国王为此大发雷霆，问这些马是从哪里冒出来的，可是没有人回答，只有那些马像炸开的洪水一样向国王扑来。据说场面相当吓人。后来国王终于忍不住发了火，他一声令下派出了我们的坦克部队，知道吗，我们的坦克部队一出现在国王的梦里，那些马就像纸做的一样被坦克部队掀起的风吹跑了。

其实，就是一个梦而已。

可是国王为了这个梦最近心情一直不错。

哦……少校突然变得结巴，他本想问将军一句，在轰隆隆的坦克声里国王有没有梦到自己，但又觉得这问题太愚蠢了，就没好意思问。

少校记得自己就是抓住这个时机拍了拍自己的礼服的，他暗示将军，将军感兴趣的东西就在里面。将军怔怔地看他，似乎不明其意，这时有人过来祝贺少校，对少校说，听说那个地方不仅艰苦还很特别。将军也就借机走开了。少校记得将军一直在摇头，走了一段后回头来看他，表情诡异，但之后又是不断地摇头。

——贝金斯少校……贝金斯少校……

——贝金斯少校，贝金斯少校……

少校聚精会神，听得出说话的人用的是只有《太阳报》记者才有的腔调。见叫不醒少校，两个人便为少校的个人信息争吵起来，似乎在将来写少校的事迹时，不知道该以哪个版本为准，一个说，这家伙是一九七〇年十二月七日生，最初的名字叫贝鑫斯。另一个说不对，给我的资料里是一九七二年一月二十二日生，不过我发现有改动的痕迹，因为他的档案里有一页出生日期是一九七一年十二月七日，名字就叫贝斯，中间并没有"金"，也没有"鑫"。两个人相互对视，难道我们找错了人？

不过，少校可以确定的是，这两个人是来找他要东西的——那本日记。是啊，那本日记现在在哪里？如果没有它，自己怎么向将军交差？一想到那本日记少校比谁都急。

此时，阳光正透过玻璃晶亮地照在少校身上。那两个家伙每隔一段时间就会叫少校，但是无论他们怎么叫，少校就是不开口，因为他知道自己一旦开口就得不停地说下去。少校听着自己徐徐的呼吸声，偶尔在光线合适的时候，可以从玻璃里看到那两个家伙的身影，少校发现那两个家伙长得几乎一模一样，要不是因为声音上有一点儿细微的差别，真分辨不出谁是谁来。面对少校死一样的沉默，那两个家伙显得很沮丧，其中一个说，看来这家伙真是报销了，真是人算不如天算，可惜到那里还不到两个月。另一个说，据说那辆摩托跑得飞快，撞上电线杆后还着了火，这家伙倒是被甩出去了，只是不知道他为什么没有戴头盔。

你的意思是……你说日记会不会被火烧了？

我哪知道啊！反正这些我都是听来的。

你从哪儿听到的？

我朋友那里，他似乎什么都知道。

那你的朋友知道这家伙是怎么被派到边境上去的吗？

当然知道，据说是因为国王的一次家宴。

国王的家宴？

是啊，而且邀请的人只有将军一个人。

是哪位将军？

还能是哪位将军，新上任的这位啊，帝国的三军统帅。我朋友说，餐前国王和将军在花园里散步，你知道吗，就是国王的私人花园，据说里面非常漂亮，就像伊甸园。他们边走边聊，分析了国际局势又把话题转回国内。国王讲，无论国际形势如何风云变幻，只要帝国能做到上下齐心铁板一块就能战无不胜。然后他们来到一棵桂花树下，那里有早已备好的美酒佳肴。用餐时他们继续聊着，国王突然就提出了这件事，说"看起来咱们得派一名军人去那个小镇看看"。将军似乎知道那个小镇，却不知道为什么要派一名军人。让将军更加疑心重重的是，国王的这个想法似乎是突发奇想，又像是心血来潮，可是背后的原因是什么呢？将军却不好去问！一周后，将军接到国王办公室的电话，问他事情的落实情况。将军打马虎眼问是哪件事。电话里就说将军应该知道的，就是国王在宴请上提出的那件事。将军连忙噢噢噢，骂自己猪脑子。挂断电话，将军立即便去国王大厦面见国王，并把那个按照国王的要求亲自制作的靶盘挂到墙上。再多的细节我就不知道了，但是我们知道国王是有名的飞镖高手，我想国王一定是从将军手里拿起了一支飞镖向靶盘用力掷去的,当然为了公平起见,国王兴许还会用黑布蒙上自己眼睛,飞镖飞向靶盘,扎中的正好是"贝金斯"的名字。因为那个靶盘是用帝国所有陆军军官的名字制成的,没有任何规律,一切听由天命。这家伙就这样被选中了。

然后呢?

然后这家伙就被派到那个小镇了,表面上是去发展当地的经济。

而实际上呢?

你去问他啊!我怎么知道?我只知道这家伙在那里的日子不好过。

听到这里,少校差一点儿笑出声来,自己被派往哈斯卡尔乌斯图耶芙娜如此高级别如此机密的事情,怎么可能会像他们说得那么随意呢?

——贝金斯少校……贝金斯少校……

——贝金斯少校,贝金斯少校……

两个家伙又在叫了,当然再一次以失败告终。于是两个人不耐烦起来,一个说,如果叫不醒这家伙,咱们的文章那可怎么写啊!

另一说,要是那样,我们反倒好写了。

一个说，好吧，那咱俩就先出去合计合计，万一这家伙叫不醒，时间又这么紧，咱们总得有个思路。

说着，两人溜出了房间。少校稍稍竖一下耳朵，就听到他们其实并没有走远。

后来，少校觉得自己睡着了。熟睡中的少校，看到自己下了床，走出病房，穿过楼道，一路上，他与那么多的人擦肩而过，那些人嬉笑着、哀愁着、愤怒着、悲痛着、麻木着、呆滞着、窃喜着，得意着……他们都以人类特有的音频或交流着，或自吟着。这时，突然有一个声音从宇宙遥远的深处传来，像飞箭一般穿过太阳的心脏，穿过天空水晶般无懈可击的湛蓝向少校扑来。可是，少校拒绝了它。因为他知道，没有哪个真相会如此炫耀，如此大声。

静静吧，静一静！少校提醒自己，在这个聒噪如一锅粥的世界里，其实自己就是一个不存在的东西。既然不存在，还关心什么真相呢。当少校意识到这一点后，他的神情就完全释然了。他，贝金斯，以一种不存在的方式走向人群。当然他也知道，自己总有一天会遇到那个口若悬河的人、一个讲故事的人、一个杜撰者。那时，贝金斯将会在一个故事里与另一个自己相遇。

一切都是想象